A b e I s a o

達吟家に学ぶ
入選にとことんこだわる

川柳の作り方

Nyusen ni
tokoton
kodawaru
SENRYU no
tsukurikata

阿部　勲

新葉館出版

入選にとことんこだわる川柳の作り方 ■ 目次

常勝作家になるために——9

必勝のための選者攻略法

※同書は川柳総合雑誌「川柳マガジン」に二〇一六年から
二〇一八年まで連載した文章を元に加筆修正したものです。
※本文の敬称は略しております。

●入選にとことんこだわる川柳の作り方

常勝作家になるために――

00

はじめに

入選目的に特化した川柳入門を書いてほしいという依頼があり、お引き受けするまで大分迷いました。

何故なら「川柳は入選すればいいというものではなく、やっぱり志がなくてはいけない。それを忘れた川柳は川柳ではないのではないか」という心の声が引き留めたからです。

しかしもう一つの声は、「何を良い子ぶっているのさ。句会で抜けた（入選した）時はうれしいんじゃないか。もっと素直になれ」と言います。

この二つの声の間で揺れた揚げ句、文系でロジックに弱い私は第二の声に寄り切られました。下手をすると諸先輩から顰蹙を買うのではないかと心配ですが、抽象論を省いた手っ取り早い入門書もあっていいのでは、と考えてお引き受けすることにしました。

したがって、ここでは一般の川柳入門書に必ずある川柳の歴史や、心構えなどの精神論はあえて省きます。

では開講です。

○

皆さんの前にある川柳は様々だと思います。句会や大会の川柳、新聞や雑誌の川柳欄、企業が募集するPR用川柳（サラリーマン川柳もその一つです）、最近では講師を呼ばないで仲間だけで集まってワイワイやる川柳の会などなど、多岐にわたります。

しかし、句を磨こうと思えばやっぱり句会が第一でしょう。句会は競い合うことで句が磨かれますし他の人たちの句を耳で聞くことによって見聞も広がり、自分の句に肥やしをやることもできます。筆者も句会で句を磨いてきたと思っている一人なので、ここでは句会を例にお話を進めたいと思います。その他のジャンルについてもいずれ機会を見て触れていきます。

句会には題があります。題をどのように消化し、どのように句に取り込むかは大事な問題です。題を仇やおろそかに扱ってはいけません。句会の勝負はここから始まります。

まず句会の面白さを感じていただくために実際の句会の句を読んでいただきます。題と句の関係に注目して読んでください。題は「煮る」です。

ＥＵの鍋ムラがある火の通り　島田　駱舟

下町にお袋がいるモツ煮込み　いしがみ鉄

八十をまだ生煮えのままでいる　河合　成近

闇汁にみんな一癖ある笑顔　中島　和子

原発炉にんげんを煮る釜に見え　大坂　斗昇

鍋奉行哲学さばく箸になる　齊藤由紀子

煮豆炊く母の時計は止めてある　上田　健太

闇鍋に心の鬼も放り込む　野邊富優葉
ニンゲンを煮込めば残る欲の皮　安藤　紀楽
おでんコトコト愚痴がまた長くなる　土田今日子
もめごとがグッグッたぎる裏帳簿　島根　写太
ニッポンが煮崩れて行くちゃんこ鍋　阿部　勲
老いらくの恋は弱火で煮えていく　佐道　正
肉じゃがで男一人を釣り上げる　弘　二三夫
煮崩れぬように私も角を取る　津田　暹

川柳研究社の句会（芦田鈴美選）からの入選句の抜き書きですが、発想の百花繚乱ぶりをお楽しみいただけたかと思います。句会の楽しみはいい句を沢山聞けることですが、エーッこんな発想もあったかというオドロキと出合えることは大きな楽しみです。

ごらんのように、いろんな「煮る」が競い合っていてお楽しみいただけたと思います。ちなみに私のイチオシは「原発炉」の句です。エーッがあるからです。

さて先ほど題と句の関係について注目して読んでくださいと申しあげましたが、何かお気づきになりましたか？

そうです。どの句も題を解説したり説明したりしていないことです。題は言ってみればヒントで、そこから発想をひろげるのが作者の仕事です。

入選のツボ

【抜ける】入選すること。

【披講《ひこう》】句会・大会で選者が選んだ句を読み上げること。

【呼名《こめい》】作者は自分の句が読み上げられたら間をおかず自分の雅号をはっきり名乗ること。これが呼名で作者のうれしい瞬間。

01

川柳のルールはたったこれだけ！

お約束の通り、早速本論に入らせていただきます。まずは川柳のルールから入りましょう。ルールはとても簡単です。

川柳は五・七・五で作る

これだけです。これだけ知っていれば川柳は作れます。ここで質問が出ると思います。

「どうしても五・七・五に収まらないときはどうしますか？」

当然のご質問です。その場合は少しルールに譲っていただいて上五《かみご》（頭の五音）の枠を少し緩めてもらうことです。では何音まで？　筆者は八音くらいが限界と思いますが、これはあくまでも便法と知っておくことも大事です。

特に初心者の方に申し上げておきますが、はじめのうちはあくまで五・七・五を順守されてお作りになった方がいいでしょう。始めからルールを破ることを覚えると、句作に甘えが生じるからです。

◆六・七・五の例

マイナンバーバイクに乗ってやってくる　潮田　春雄（題「今年のニュースから」津田暹選）

◆七・七・五の例

老後ルンルン趣味の布石を刈り入れる　阿部　勲（題「ばっちり」齊藤由紀子選）

◆八・七・五の例

ハッピーマンデー今日は何の日でしたっけ　野邊富優葉（題「ハッピー」津田暹選）

なお五・七・五の変形として七・五・五と五・九・三があります。こちらも定型ですのでご利用ください。

◆七・五・五の例

行きつけの店ミシュランに教えない　阿部　勲（題「味」中島和子選）

下さいますか走り書きほどの愛　加藤ゆみ子（題「そこそこ」渡辺梢選）

◇五・九・三の例

文豪と目が合う古書街の書棚　阿部　勲（題「ふと」安藤紀楽選）

次世代の肩にカラシを貼る福祉　五十嵐淳隆（題「スパイス」瀧正治選）

しかし川柳は五・七・五で作ると言われても、雲をつかむような話ですね。五・七・五は川柳をのせる皿です。そこにどんな料理を盛り付けるかが大切なところでした。それについては次項から。

入選のツボ

川柳のルールは五・七・五で作ること。どうしても五・七・五に収まらないときは、上五の枠を緩める方法もある。ただし八音くらいが妥当。

【上五《かみご》】五・七・五の頭の五音のこと。

入選のための秀句鑑賞

川柳が上達する近道は多読多作です。特に初心者は他人のいい句を沢山読むことが大事です。しかし多読と言っても何を読んだらいいか解らない初心者が多いことでしょう。そこで本書では、読んで栄養になりそうな句をピックアップして、その句の何処が参考になるのかをお教えしたいと思います。しっかりと栄養を吸い取ってください。

作品は川柳研究社句会（芦田鈴美選）から採りました。

ニンゲンを煮込めば残る欲の皮　安藤　紀楽

（題・煮る）

この句の真髄は何と言ってもウガチです。人間というものの正体を鋭く見抜いています。川柳の面白さは人間というおもしろい素材を得て深みが増します。普段から人間を斜めから見ているとこういう視点が身に着きます。「ウガチ」は別項で詳しく解説します。

「人間」をカタカナでニンゲンと表示したのも作者のテクニックです。人間というこの反省の無いしぶとい存在への作者の皮肉（自嘲）が効いているのがお解りでしょう。川柳の主役は常に人間であること、をしっかり覚えてください。

ニッポンが煮崩れてゆくちゃんこ鍋　阿部　勲

（題・煮る）

比喩の面白さを味わってほしい句です。ニッポンの国技である相撲のみじめな現状と見えない未来をうたいました。「ちゃんこ鍋」は大相撲を表象し、「煮崩れてゆく」でその惨状を表現しました。ニッポンのカタカナ表記もあえて日本を外側から見る眼にして皮肉を利かせました。

比喩の効用については後ほど触れますが、句会の達吟家はみな比喩使いの名手です。皆さんも比喩を使いこなして句会の勝者になってください。

煮崩れぬように私も角を取る　津田　暹

（題・煮る）

この句からユーモアを感じとれるようだと、読解力も一人前です。川柳のユーモアは対象を客観視するところから生まれます。この句の「私」も冷静です。里芋などの角を取るのは煮崩れぬための料理の知恵でしょう。作者は自分の人生に見立てて、付き合いのあり方をユーモアたっぷりに詠んでいます。皆さんにはこの句からユーモアをしっかり学んで欲しいと思います。

02 川柳のテーマについて

前項は川柳をのせる皿についてお話ししました。それは五・七・五という皿です。変形として、七・五・五や五・九・三もありました。

本項ではその皿に何を盛り付けるかをお話しします。これも簡単です。盛り付けるもの、つまり川柳のテーマは「何でもOK」です。但し、ダメなものが一つだけあります。それは「悪い心」です。誹謗中傷は川柳の「禁じ手」です。他人の心に傷をつける「差別」もいけません。

読み手にイヤな気持ちを起こさせる「セクハラ」も止しましょう。「卑猥な句」ももちろんです。他人に不快感を与える句は作者の品性を下げてしまいます。気をつけましょう。

このルールさえ守れば、川柳のテーマは何を選んでも構いません。つまり、**川柳のテーマは「何でもあり」**です。

さて、ここからが肝心のところです。川柳の皿には何を載せても構わないと申しあげましたが、逆に載せないといけないものがありました。それは、**作者の言いたいこと**です。これを載せて初めて五・七・五が「川柳」になります。例を示しましょう。

一斉に緑が芽吹く春の庭

きちんと五・七・五で出来ていて良さそうな句ですが、肝心の作者の言いたいこと

が分かりません。これでは「仏作って魂入れず」の句になってしまいます。では

一斉に命が芽吹く春の庭

にしたらどうでしょう。こちらには作者の言いたいことが解りますね。「緑」を単なる緑と見るのではなく、生まれてくる「命」と捉えています。作者の言いたいことが「命」に表現されています。この句は「川柳」と言っていいでしょう。

さて「作者の言いたいこと」では少し長すぎるので、この後は「**作者の視点**」ということにします。

次項はこの「視点」について、もう少し詳しくお話しします。

入選のツボ

- 川柳のテーマは差別や誹謗中傷、セクハラ、卑猥な句のように、他人の心を傷つけたり不快感を与えるものでなければ「何でもＯＫ」。
- 作者の視点を載せて、五・七・五は初めて川柳になる。

入選のための秀句鑑賞

本項では栄養のたっぷり入った句を並べました。初心の方にはちょっと難しいかもしれませんが、ここには川柳の技が一杯詰まっています。最初は難解と思っても、やがて面白味が解ってきます。めげずに鑑賞してください。句は川柳研究社の句会から採りました。

唇に羽根女子会に歳がない　齊藤由紀子

（題「エンジョイ」五十嵐淳隆選）

この句の決め手は「唇に羽根」です。女子会は男子禁制で女子ばかりですから、何しろよく喋るわ喋るわで騒々しい様子を「唇に羽根が付いている」と表現したのがユニークで面白い句です。「歳がない」も初心者には参考になる表現です。大いに真似してください。

森消える二足歩行が踏んでから　渡辺　梢

（題「自然」小倉利江選）

この句は「言い換え」が句を面白くする例です。普通に「森が消えてく人間が踏んでから」としたのでは面白味がありません。そこで「人間」を「二足歩行」と言い換えると、ごらんのように哲学の匂いのする句に変身しました。達吟家にかかると川柳はこんなに変わってしまいます。一種の表現のマジックですが、それで川柳が上手になるなら真似しない手はありません。表現によって川柳がどんなに変わるのかは面白い程です。

逆転に逆転女神は白洲でも遊ぶ

阿部　勲

（題「ふらふら」島田駱舟選）

初心の方には難しかったかな。「女神」は川柳ではよく使われる比喩ですが、他ではあまり使われないかもしれません。これは勝利の女神のことです。この女神は勝敗の決定権を持っていますが、気まぐれで時に依怙贔屓もします。勝敗は時の運といいますが、どっちに転ぶかわからない「勝負」を擬人化した表現です。良く出てきますから覚えてください。

もう一つの比喩は「白洲」です。裁判所のことですが「女神」が比喩ですからそれに合わせて「白洲」を持ってきました。この頃の裁判所の判決が、地裁で無罪・高裁で有罪、最高裁で無罪というようにころころ変わることへの皮肉です。

03 川柳の視点について

前項を復習しますと、
①川柳のテーマは「何でもあり」ですが、「悪い心」はダメ。
②川柳には「作者の言いたいこと」(視点)が必要。
でした。

本項は「作者の視点」についてお話しします。

みなさん普段から何か「言いたいこと」をお持ちと思います。美味しいものを食べれば「美味しいね」と隣の人に言いたくなるし、いい映画を見れば「良かったよ」と誰かに言いたくなります。しかし日常会話ならこれで済みますが、これだけでは川柳になりません。足りないのは作者の「視点」です。例でお話ししましょう。

味噌汁が今日も美味しい朝の膳

句の姿は整っていますが、これでは「美味しいね」と言っているだけです。作者がこのシーンから何を感じたのかが欲しいですね。では、

味噌汁が朝を日本の朝にする

はどうでしょう。

ここには作者の「視点」がありますね。味噌汁という日本独特の朝の習慣はパン食にやや押されているとはいえ、まだまだ確固として続いている…と作者は言っています。

味噌汁の訛りも美味い旅の膳

地方地方で味噌汁の味はみんな違います。この句はそれを「訛り」と表現しています。もちろん確かな「視点」がここにはあります。

味噌汁の美味さ生きてるなと思う

この句は作者の感懐をポンと投げ出していますが、やはり「視点」は確かですね。むろん「生きてるな」です。

「視点」については誤解のないように念を押しておきますがあくまでも、**ご自分で考えた「独自」の物**であることが前提です。花を見て綺麗だというのは万人の考えることで川柳の「視点」にはなり得ません。くれぐれもご注意ください。

入選のツボ

- 作者の言いたいこと＝視点。
- 川柳の「視点」は自分で考えた「独自」のものであることが前提。万人の考える視点では×。

入選のための秀句鑑賞

本項の鑑賞のテーマは「比喩」です。じっくり鑑賞してご自分のモノにしてください。

総活躍総理の舌は猫じゃらし　渡辺　梢

（題「くすぐる」安藤紀楽選）

この句では比喩の面白さを味わってください。「猫じゃらし」がそれですが、分からない初心者もいらっしゃるかもしれませんので説明をすると…。

安倍首相の言いだした「一億総活躍」というスローガンはまさに大風呂敷ですが、中身は未知数・効果は不明で、待っても待っても届かないアベノミクスに待ちくたびれている庶民をしばらくあやしておこうという意図も見え隠れします。乗せられやすい庶民の猫はその「猫じゃらし」にじゃれついて、はしゃいだりして…。

大衆の愚かさとそれを操る政治の在り様を「猫じゃらし」が一語で表しています。是非マネしてほしい比喩の使い方です。

ナンバーを付け一匹の蟻になる

時枝　利幸

（題「ナンバー」佐藤孔亮選）

「蟻」は川柳の比喩によく出てきますので、覚えてください。一家を支えて会社で一所懸命に働くお父さん達のことです。他にも「企業戦士」略して「戦士」、「働き蜂」「歯車」などが使われます。反対語は「キリギリス」です。

句はマイナンバーを貰って、国の台帳に記入されると即国家体系の中に組み込まれてしまうということを皮肉をまぶして表現しています。参考にしてください。

難しい話題を嫌う紙コップ

尾河ふみ子

（題「苦手」中島かよ選）

この句では、「紙コップ」の比喩を覚えてください。紙コップは安価で手軽で後始末が簡単（捨てれば済む）なので内内の集まりなどで使われます。だから紙コップを使う会合ではフォーマルな服装も会話もなく、すべてが気楽です。気楽さ、手軽さを表わす「紙コップ」です。覚えておきましょう。

04 題詠を極めること＝入選

このへんで「題」についてお話ししておきましょう。
川柳には「題詠《だいえい》」と「雑詠《ざつえい》」があります。題詠は主に句会や大会などの競吟の場で用いられるもので、出された「題」に従って句を作ります。これを選者が天地人（一位・二位・三位）、五客（天地人の次の五句）、秀句（集まる人数によって数は決まります）という風に選ぶのが一般的です。皆さんの目指す「入選」はこの場所でするものです。（注1）
他方「雑詠」は、題に寄らずに作者の思いをそのまま詠むもので、入選やランクを競う競吟には向かないとされ、吟社の発行する柳誌に主幹などの選を経て載せられているのが通例です。（注2）
本書は「入選にこだわる」と看板を出している関係上、「題詠」に専念することにいたします。なお雑詠と題詠どちらが主でどちらが従という関係はありません。

（注1）句会や大会でのランクの付け方には、それぞれの吟社や主催者によってやり方が違うことがあります。天地人と言わずに特選と呼ぶ会もあれば、ランクをつけずに入選句の数だけ決めている会もあります。

（注2）川柳研究社の句会では新しい試みとして雑詠を句会に使っています。

さて本題です。

この「題」をどう捉えてどうこなすかは句会での勝負を決める大きな要素になります。すでに「鑑賞コーナー」をお読みになってお気づきと思いますが、句を読むとき「題」を頭において読むのと「題」を外して読むのでは句の面白さが違ってきます。前者ではへー、こんな題からこんな発想が出るんだというオドロキが加わって句を読む面白さ、楽しさが増加します。

例を実際の句会を覗いてみましょう。（川柳研究社・題「鈍感」津田暹選より）

老化した琴線マンガには鳴らず　阿部　勳
七人の敵へ鈍感力磨く　いしがみ鉄
耳栓をしている嫁に気が付かず　五十嵐淳隆
語尾上げてみても反応してくれず　北山　蕗子
ケセラセラ活断層の上で寝る　伊勢田　毅
お隣が人工芝と気が付かず　河合　成近
感受性時々象の皮膚になる　加藤ゆみ子
嫁姑鈍感力で勝負する　加藤　佳子
上機嫌撒かれた塩に気が付かず　河合　成近
アンテナが錆びてジョークが拾えない　時枝　利幸
自惚れが等身大を忘れさせ　新井千恵子
反応の鈍さ幸せかもしれぬ　佐藤　幸子

以上は上位句からの抜書きですが、題と句の微妙な距離を感じながら読んでいただけたら幸いです。

入選のツボ

- 川柳には「題詠」と「雑詠」があり、両者に主従関係はない。
- 「題詠」では題をどう捉えてこなすかが句会の勝負を決める大きな要素。題と句の絶妙の距離を極めたい！

入選のための秀句鑑賞

題についてのお話をした関係上、題と句の距離を感得してほしいと思い、そのような句をピックアップしました。題と句の絶妙の距離を味わってほしいと思います。

自惚れが等身大を忘れさせ　新井千恵子

（題「鈍感」津田暹選）

この句には題はもとより「鈍感」は何処にもないように見えますが、さにあらず。

誰でも持っている自惚れですが、油断すると知らない間に膨らんで自分の背丈を超えてしまいます。自惚れは怖いものです。

このような思索の中から生まれたのがこの句です。まさに「題」を名刀で大上段から切り捨てた句です。この切れ味を味わってください。ちなみにこの句は、句会の三才の「地」でした。

反応の鈍さ幸せかもしれぬ　佐藤　幸子

（題「鈍感」津田暹選）


この句にも普段からの思索による人生知が感じられます。一時渡辺淳一のベストセラーから「鈍感力」という言葉が流行したことがありました。この言葉は川柳でもよく使われて筆者もよく使ったものです。（今でも古くなっていないから、みなさんもご利用ください。）

この句からみなさんに学んでいただきたいのは、普段からの思索の積み上げが川柳の糧になることです。句会の天の句です。

アンテナが錆びてジョークが拾えない　時枝　利幸

（題「鈍感」津田暹選）

この句からは比喩と表現の巧みさを学んでください。

まず「アンテナ」です。みんなテレビ・新聞・他人との会話、などから情報を得ていますが、歳を取るとスマホも苦手になるし、若い人たちが平気で使うＳＮＳには手が出にくくなります。「アンテナが錆びた」の比喩がこの事情を言い尽くしています。そうなるとジョークにもついていけなくなります。下五も「分からない」ではつまりませんね。「拾えない」の擬人法が句をピリッと締めました。良く味わってください。句会の人の句です。

05 課題の「詠む込む」VS「詠み込まない」

本項でも「題」についてお話しします。

「題」については、初心者を迷わせるいろいろな偏見が広がっているので整理しておきましょう。

まず、題を「詠み込む」か「詠み込まない」かです。「詠み込む」とは「題」を句の中に入れて詠むことで「詠み込まない」は「題」を句の中に入れないで詠むことです。

これについて「詠み込んだ方がいい」「詠み込まない方がいい」の二派があって、それぞれ得失を言い合って論争にきりがありません。筆者が初心者の方にお勧めするのはこの論争に巻き込まれないことです。そんなことに煩わされず、自分らしい自分の句を作ることが大事です。例を出しましょう。

題・「重い」（渡辺　梢選）

客 イチローのシューズ1グラムを削る　五十嵐淳隆

生還のドラマになったシッケです　中島　かよ

老いるとは体に小石溜まるよう　宇賀　章

◯判捺すとすぐに重たい紙となる　弘　二三夫

人 ◯幸せが続くと重くなる目方　三上　武彦

地 終活や梅雨の湿気を含ませて　土田今日子

天 ◯水切りを忘れ心の重いこと　加藤ゆみ子

題・「スパイス」（阿部　勲選）

客 さび抜きの男になって枯れてゆく　林　マサ子

トランプが日本へ掛ける唐辛子　白子しげる

◯エスプリというスパイスで場が和む　土田今日子

文春に激辛カレー食わされる　三上　武彦
○ストレスをスパイスにして生き上手　安藤　紀楽
人 反論を助詞の一つに匂わせる　島田　駱舟
地 ○ギャンブルというスパイスで破滅する　佐藤　達也
天 イチローの言葉怠惰にふりかける　渡辺　梢

川柳研究社句会から上位の句を見てみました。○が詠み込んだ句、無印は詠み込まない句です。ご覧のとおり拮抗しています。選者はどっちにも軍配を上げていません。

お解りでしょうか。「詠み込む」「詠み込まない」は本質的な問題ではありません。詠み込んでも詠み込まなくてもいい句はいい句です。そんなことよりもご自分の思いを思い切り吐き出す句を作りましょう。

入選のツボ

題詠には課題を「詠む込む」句と「詠み込まない」句の二派がある。
詠み込んでも、詠み込まなくても「いい句」は「いい句」。自分らしい自分の句を作ることが肝要。

入選のための秀句鑑賞

イチローの言葉怠惰にふりかける　渡辺　梢

（題「スパイス」）

この句は解りやすいと思います。イチローの言葉はそっけない中に努力の汗が詰まっています。怠惰に流れがちな日常へ、スパイスとして掛ければしゃんとなりそうです。スパイスという題からこの発想を学んでください。下五の「ふりかける」も胡椒などを連想させて「スパイス」にぴったりですね。こういう細かい技法も参考にしてください。

ストレスをスパイスにして生き上手

安藤　紀楽

（題「スパイス」）

作者はストレスは悪という硬直的な発想はしていません。この句から学んでいただきたいのは、常識まみれの発想はいけないということです。ストレスもスパイスと思えば人生も美味しくなります。これも人生を生きるための大事な知恵ですね。句のリズムの良さも味わってください。

さび抜きの男になって枯れてゆく

林　マサ子

（題「スパイス」）

「さび」はワサビですね。壮年の頃までは機知に富んで生き生きしていた男性が、老年になるとユーモアもウイットもないつまらない男になってしまう…という話ですが、趣味のない仕事一筋の男性に有りがちなことです。

寿司の握りにワサビをつけないことを「さび抜き」と言いますが、人間に当てはめた比喩が面白味を出しています。「枯れてゆく」も植物の話ですが、これも人間に当てはめて寂しい男の末路を誇張しています。
この句からは比喩のテクニックを吸収してください。

06 課題の位置づけと捉え方

引き続き「題」がテーマです。
まず「題」の位置づけと捉え方についてお話ししますが、その前にクイズをお出しします。

クイズⒶ

題・「風」

①風鈴と話して路地を風が抜け　勲
②マンガ本読んで時代の風と会う　〃

①は物理的な「風」ですが、②は風潮のことです。さて皆さんはどっちの句に高い点をつけるでしょうか。本講が「入選するための」川柳入門であることを頭に置いて答えを出してください。

クイズⒷ

クイズをもう一つ。次の四句は共通した題から作られています。題を当ててください。

パラリンピック僕の五体が叱られる　勲
何もない街に役所が聳え立ち　〃
誉められもせず歯車が良く回り　〃
自分史に妻のバントがよく光り　〃

クイズⒶの答えです。高点で入選するためなら、答えは②です。何故なら②には今の時代が切り取られているからです。これに対して①は風を擬人化していますが、人間の姿は希薄です。川柳は人間を詠むものです。

クイズⒷは難しかったかもしれません。答えは「立派」でした。クイズⒷで受け取っていただきたいのは、題をどのように消化するかで句の面白さが変わることです。句会の楽しみの一つは題と「遊ぶ」ことです。皆さんも句会で大いに遊んでください。

クイズで遊んでいただいた後で本論です。

①句会（大会）の中心は題である

句会（大会）の中心に置かれるものは「題」です。この題と取り組んで勝つことが句会（大会）の勝利につながります。

題をどう料理してどう味をつけるかがシェフである皆さんの腕です。

②句会（大会）の楽しみも「題」である

句会では自分の句が抜ける（入選する）かが第一の関心事になりますが、もう一つの楽しみは選者の披講を聞くことです。

他人の句を聞くことは作句の参考になりますし、素晴らしい句を聞けばいい刺激になります。そこで「題」がどう料理され、味付けされているかを学ぶ格好のチャンスであり楽しみでもあります。まだこの味を知らない方は、近くの句会か大会で是非味わってほしいと思います。

③題を斜めに見ると句が出来る

題を見るとき正面から見るのはいけません。斜めから見るといい発想が浮かびます。

「春」という題で

○春うらら風も緑の彩《いろ》で吹く

◎中国の我が世の春がかしましい

を比べてみましょう。○は良さそうな句ですが題を正面から見ています。◎は斜めからの目線で皮肉を利かせています。◎の方が高得点を稼げそうです。句の優劣はこんな所で付きます。

入選のツボ

- 句（大）会の楽しみは、その中心に置かれる題と「遊ぶ」こと。
- 課題との取り組みの勝者が句（大）会の勝者となる。
- 選者の披講は作句の参考になり、いい刺激・いいチャンスとなる。

入選のための秀句鑑賞

大国に赤べコぶりを誉められる　五十嵐淳隆

（題「巧言令色」弘二三夫選）

この句では比喩の面白さを味わってください。「赤べコ」は会津の郷土玩具で張りぼての赤い牛の頭が押すと前後に揺れるようになっています。つまり大国の顔色を見てぺこぺこ頭を下げる国の有様を皮肉に詠った句です。「赤べコ」の比喩がバッグンの効果を上げていますね。この面白さをしっかり鑑賞してください。

ゲイツ家の窓に飛び込む黄金虫　高塚　英雄

（題「窓」津田暹選）

この句も比喩で成り立っています。ビル・ゲイツはマイクロソフトの創設者で大資産家です。慈善家としても知られますが、きっと黙っていてもお金がどんどん入ってくるいい御身分でしょう。窓を開けておけば黄金虫（お金）が飛び込んでくる羨ましい方です。若干の羨望も足して、そんな想像をストーリーに仕立てた面白い句です。比喩に動きを足した手腕が見事です。

みんな王様パン焼く人がいない星　林　マサ子

（題「足並み」江畑哲男選）

すべて比喩ですから読み手にも熟練がいる句です。「星」はもちろん我々の住む地球です。パンを焼く人は居なくてはならない人なのに軽く見られている働き手（農民・労働者）。王様は自分では何もしないで文句ばかり言う国民（大衆）です。地球に住む人間がみんな自己中心的に勝手なことを言いバラバラな行動を取っている（「足並み」が揃わない）ことを上手に皮肉っています。一見メルヘンに見せて実は凄いパンチを人間（我々です）に出している句です。比喩の読み方と面白さをこの句から学んでください。

07 川柳を川柳らしくする擬人法を使いこなそう！

「題」の話が続いたので、このあたりで気分を変えましょう。

本書には「入選にとことんこだわる」というタイトルがついています。やや誤解を招きそうなタイトルなので最初はかなり躊躇したのですが、考え直したのは、私自身が句会で育てられたという事実でした。

私が川柳に嵌ったのは句会が楽しかったからです。何故楽しかったか、それは選に入って呼名する時の喜びです。三才に抜ければ喜びは倍増、こんな楽しいことはありません。その喜びを少しでもおすそ分け出来ればと思いました。

そのためには何をしたらいいか（?）が本書の主眼です。そのためには「いい句を作ればいい」では答えになりません。私の答えは「インパクト（衝撃）のある句を作る」です。選者をオヤと思わせ、ドキッとさせ、参ったと言わせるのが最終目的です。この目標に向かって一歩ずつ進んでいきましょう。


すでに「秀句鑑賞」で体得されたと思いますが、川柳は表現の仕方で良くも悪くもなります。ちょっとした表現の差で一方は天の句になり、一方は没の憂き目に遭います。ですから表現を磨くことは入選のためにとても大事な要件です。

ただ間違えていただきたくないのは句の良し悪しは表現以前に、句が何を言っているか（前にお話しした「作者の視点」です）によります。あくまでも**作者の視点が第一で表現はそれを補完するもの**です。くれぐれもお間違えなきよう。

では川柳の表現の初歩から。まず**擬人法**からです。「擬人法」は人でないものを人に例えて表現する修辞法です。

視聴率ドラマの筋も書き換える（都合）　勲

兎小屋のぞいて月もギャグが好き（月）

肘鉄が一行で来たEメール（冷たい）

マスコミのライトが駄馬を踊らせる（踊る）

スーパーが街のシャッター閉めに来る（スーパー）

富士山が座り日本が出来上がる（座る）

義理堅く税も祝いに駆けつける（賞状）

九条がふさぐ日本の非常口（邪魔）

みんな筆者の句ですが、お解りでしょうか。傍線の箇所が擬人化の対象です。ご覧のように「月」や「富士山」、「スーパー」のような具象も「視聴率」「肘鉄」みたいな具象ではないものも擬人化できます。

「擬人法」の効用は川柳を川柳らしくすることです。いわゆる「川柳味」も擬人法が付けてくれます。具体的に比較してみましょう。

①**スーパーへ街はシャッター街になる**（スーパー）

②**スーパーが街のシャッター閉めに来る**（〃）

どうでしょうか。①は同じことを言っていても味がないと思いませんか。これに対して②は同じシーンを動画にしています。句が生きてきました。①で描いた絵が②では動き出しました。

③**サヨナラと一行だけのEメール**（冷たい）

④**肘鉄が一行で来たEメール**（〃）

この句も④の「肘鉄」が生きていて題の冷たさが誇張されています。③も句としては悪くありませんが、「肘鉄」のパンチが効いている④との競争には勝てそうもありません。

このように擬人法を使うだけで句がグレードアップされるのですから使わない手

はありません。初心の方も是非お試しください。

入選のツボ

- 入選するには、選者に「インパクト（衝撃）」を与える句を作ること。
- 句の良し悪しは、作者の視点が第一。表現はそれを補完するものと弁える。
- 擬人法は、川柳を川柳らしくし「川柳味」も付けてくれる優れもの。大いに活用しよう。

入選のための秀句鑑賞

摺り足の足袋が私の鬱を踏む　田中　瑞枝

（題「足音」いしがみ鉄選）

この句お解りですか。一発で分かれば初心者は卒業です。鬱の日は人と話すのも嫌で、目立たないように、音を立てないように歩きます。（「摺り足」の比喩がこれを表わします。）そして足は自分の轍を踏んづけて歩きます。（轍は自分を傷つけるのです。）

この句からは表現のおもしろさを学んでください。「轍を踏む」なんてかなり修行をしないと出来ない表現です。先輩から盗んで句を磨いてください。

出てこない名へ風貌のみじん切り　芦田　鈴美

（題「イメージ」上村脩選）

解りやすい句と思います。歳を取ると人の名前が出てこなくなって困ることがあります。ホラ黒子があってとか髭があるとか眉毛が八の字だとかいろいろ言って思い出してもらおうとしますが、うまくいきません。「風貌のみじん切り」が上手い比喩でユーモアのある句に仕立てられています。この句からは比喩の面白さとユーモアを学んでください。

アベノミクスの効くと思えば効く薬　阿部　勲

（題「気は心」佐藤達也選）

アベノミクスは出だしは株が上がったり円安になって経済が潤ったり効果が見えましたが、庶民を潤すまでは行かず、その後は停滞気味です。第三の矢も何処へ行ったのか解りません。庶民の目にはこの薬は効いたようであり効いていないようであり、かといって期待しない訳でもない中途半端ですね。この句はそんな半端な気持ちを表現したものです。中途半端を中途半端に表現した味を味わってください。（難しいかな）。

08 擬人法を用いた句の作り方

前項は「擬人法」についてお話ししました。擬人法を使うことによって句が生きて躍動することがお解りになったと思います。では「擬人法」を使ってどう句を作るか、本項は手を取ってお教えしましょう。

まず皆さんが句の題材として次のようなことを思いついたとしましょう。

例1　宴会の招待状が届きました。場所は一流ホテルで知人の祝賀会です。義理があるので出席することにしましたが手ぶらで行っていいものか、友人たちと相談してご祝儀を包むことになりました。義理は高くつきます。

この題材を句にしてみましょう。普通に作ると、

①招待状もらい祝儀が高くつき

これで良さそうです。川柳としてもそう悪くはありません。しかしそのままをそのまま言っているので物足りませんね。色をつけたいところです。そこで擬人法を使ってみます。「招待状」を擬人化して、

②ご祝儀を招待状が出せという

これでかなりワサビが利いてきました。さらにも一つ捻って、

③ご祝儀を招待状にせびられる　勲

ワサビがもっと効き、川柳味も増しました。これで完成です。

例2　古本屋で漱石や鷗外などの名作が捨て値で並んでいます。可哀想なくらいです。一方最近の本は安くはなっていても、それほどではありません。

　これを素直に作ると、

④**文豪の本が捨て値の古本屋**

ですが、これは事実を述べているだけです。

⑤**文豪が捨て値で並ぶ古本屋**

勲

になると、文豪自身が捨て値で並んでいるようで、本当に可哀想です。明らかに⑤の勝ちです。擬人化の効果は抜群です。

例3　世話好きの母は他人に物をあげるのが好きで、旅行にはおにぎりや飴や蜜柑やおつまみなどを持参して知らない人にも配り、まったく人見知りをしません。

このシーンは句に作るのが難しいですが、

⑥あげるのが好き人見知りしない母

くらいでしょうか。しかし川柳に仕立てるには「何」をあげるのかを具体的に入れたいですね。ここはおにぎりにしてみましょう。

⑦おにぎりを知らぬ人にも配る母

今度は「人見知り」が落ちてしまいました。そこで擬人法の出番です。「おにぎり」を擬人化して

⑧母さんのおにぎり人見知りしない　勲

これで出来ました。句にしたかったのは母さんの世話好きで人見知りしない明るい性格です。それを見える絵にしたのは「おにぎり」の擬人化でした。

最後はクイズにしましょう。虫くい川柳です。次の○を埋めてください。

1．オレオレを老いの○○○が信じ切る　勲

お年寄りは信じやすく、オレオレ詐欺に引っかかりやすいですね。それを句にしました。普通に詠んではつまらないので擬人法で味をつけました。○○には漢字三字が入ります。題は「握る」です。

2. 志望校○○がジャンプをしてくれた　勲

題は「開運」です。ムリをした第一志望校に見事合格したことを詠みました。擬人法に比喩を組み合わせて句に味をつけています。○○には漢字二字が入ります。

答えは次ページの下欄にあります。

入選のツボ

- 擬人法をうまく活用すれば、限られた音数の中でも、躍動する生きた句を作ることができる。普通の句にワサビを効かせたり、川柳味を増やすなどして〝味〟をつけることができる。
- ウガチは、常識の裏にあるものを見抜くこと。

入選のための秀句鑑賞

名水へ遠くの喉が溶けに来る　時枝　利幸

（題「わざわざ」中島かよ選）

この句からは表現を学んでください。内容は名水を遠くの人がわざわざ飲みに来るというだけのことですが、「溶けに来る」に注目してください。「まろやかで甘い名水の味に喉がとろけそうになる感動を味わいたくて」と書けば長くなる意味を「溶けに来る」の五字に圧縮した手腕に感心します。

注意書き跨いで石橋で落ちる　土田今日子

（題「わざわざ」中島かよ選）

この句では「石橋」を覚えてください。「石橋を叩いて渡る」という言い回しがあって、普通は用心深さを表わしますが、川柳ではむしろ臆病さをからかうことが多いようです。「注意書き跨いで」は「注意書きは無視して」という意味ですから句は慎重居士のおバカぶりをおちょくって、手を叩いて笑っているのです。この句が一発で

前ページクイズの答え。1.受話器　2.絵馬

解れば初心者は卒業です。

きみまろの毒がわたしの充電器

渡辺　梢

（題「充電」芦田鈴美選）

この句解りますか？　この句に学んでほしいのはウガチです。ウガチ（穿ち）については、いずれ紙幅を割いてお話しするつもりです。ここでは「常識の裏にあるものを見抜くこと」とだけ言っておきます。きみまろは熟女を標的にしてからかうことで笑いを取って、熟女に愛されている得な人物です。その毒が熟女の作者（失礼）にとって充電器になるというのですから作者はその毒を貯め込んでどこかで（きっと川柳で）吐き出しているのでしょう。

分からないとおっしゃる初心者の方は解らないなりに句を温めていてください。何時か解る日が来ます。その日はあなたが初心者を脱皮する日です。

09 省略の原則＝余計なことを言わない

本項からは「省略」についてお話しします。

川柳は五・七・五の十七音で作るという制約がありますから、作者の言いたいこと（視点）をしっかり伝えるためには、枝葉を切り詰める必要があります。「省略」の原則1は「余計なことは言わない」です。当たり前とお思いでしょうが、初心の方の川柳を拝見すると、切り落としたい枝葉が沢山あります。添削などで指摘を受けた方も多いでしょう。

あなたの言いたいこと（視点）を句にするのが川柳の目的ですから、それ以外のことが混ざると視点がぼやけてしまいます。

①一句にテーマ（視点）はひとつだけ

一句の中に述べるテーマはひとつだけにします。二つ以上は読み手を迷わせてしまいます。言いたいことが沢山あってあれもこれもと詰め込みたくなる気持ちは解りますが、我慢して一つに収めましょう。

それでもみんな詠みたい場合は、句を二つに分けてテーマごとに一句ずつ作りましょう。

②蛇足は付けない

例1　完走の孫抱きしめる嬉しさよ

おばあちゃん(おじいちゃん?)の嬉しさは解りますが「嬉しさよ」と言ってしまったことでかえって感動のない句になりました。では

例2　完走の孫を嬉しく抱いてやり

ではどうでしょうか。これも「嬉しく」が余計ですね。それよりも必死で走った孫の胸がまだドキドキしているのが伝わった感触を句にしてはどうでしょうか。これを

蛇足の「嬉しさよ」の五音を外した後に入れて、

例3　完走の孫の鼓動を抱きしめる
これで句に感動が帰ってきました。

③「も」(助詞)は注意して使おう

「も」という助詞はもう一つのものがあるから成立する助詞です。もう一つのものがない場合は読み手に不審を抱かせてしまいます。ある場合は視点が二つになってしまうことがあります。「も」は本当に必要な時以外は使わないことにしましょう。

(不必要な「も」の例)

免許証返してボクもほっとする
もう一つの「も」が見当たりません。漫然と「も」を言っていますね。気を付けましょう。

抽選日夢も消えてく宝くじ

「夢」に対応する「も」が何だか解りません。読み手を迷わせてしまいます。

（必要な「も」の例）

完走のテープはビリも抱いてやり

完走のテープはビリ以外もみんな抱いてくれます。

雨雲も僕を責めてる失意の日

家族も友達もみんなに責められている気がすると言っています。もう一つの「も」があります。

以上が「省略」の原則1です。簡単で解りやすかったと思います。しかし省略にはもっと大事な原則があります。原則2と言っておきます。それは次項に。

省略の原則のひとつは、〝余計なことを言わないこと〟。具体的には、
①一句の中に述べるテーマ（視点）はひとつだけにする。
②蛇足はつけない。
③助詞の「も」を安易に使わない。
を守ろう。

入選のツボ

入選のための秀句鑑賞

バラ咲いて派閥にもらう迷子札　小倉　利江

（題「転ばぬ先の杖」阿部勲選）

この句は、比喩を解読しないと解りません。まず「バラ咲いて」は当選したことを言います。党本部の壁の候補者の名の上に党首がバラの花を飾りますね。あれです。迷子札の比喩は難しいかもしれません。新人の候補者の場合は派閥から誘いがあっ

て、どこかへ入ると困ったときも面倒を見てくれます。それが派閥のメリットです。それを子供が迷子になった時の迷子札（子供を助けてくれます）に例えました。句は当選した候補者が将来に保険をかけて、派閥に入ることを比喩で上手に表現しています。比喩の読み方を勉強してください。

前例を盾に無風を食べている　林　マサ子

（題「転ばぬ先の杖」阿部勲選）

この句も比喩が解読できないと解らない句です。前例を盾にしているのはお役人か既得権を持つ団体でしょう。前例を盾にすれば改革などという風は通りません。それでのうのうと暮らしている（無風を食べている）のです。それを皮肉を効かした表現で述べています。比喩の面白さを味わってください。

失言へ修正液の生乾き　印牧さくら

（題「うっかり」加藤ゆみ子選）

本項は比喩の句を並べました。ここでは「修正液」です。この言葉もよく出てきます。白インキで元の字を消してその上に書ける便利モノですが、ここでは比喩として使っています。失言のタイミングが悪く今更取り消そうにも出来ないジレンマを書いています。「生乾き」がそれです。上手い比喩です。この句からも比喩を学んでください。

洗濯機諭吉が禊させられる　齊藤由紀子

（題「うっかり」加藤ゆみ子選）

この句も比喩の面白さが味わえます。「諭吉」は一万円札のことです。もちろん福沢諭吉の肖像があるからです。良く出てきますから覚えてください。ポケットに入っていた万札をうっかり洗濯してしまったことはありませんか？「禊」が上手い比喩でクスッと笑ってしまう句です。比喩が読めるようになると句を読むのも楽しくなります。是非沢山の句を読んで、比喩を身につけてください。

10 省略の原則2＝全部を言ってしまわない

さて省略の原則2です。ここは大事なところですからしっかり聞いてください。**「全部言ってしまわない」**です。早速質問が出そうです。「エーッ！　キチンと全部言わなければ解らないのではありませんか」ごもっともな質問ですが、実はそうではありません。「全部言う」ことは川柳をつまらなくすることなのです。

具体例を挙げましょう。

①適材適所人事異動が成果出す

「そうですか、良かったですね」で終わってしまう味のない句です。「人事異動が成果出す」が全部言ってしまいました。私はこのような句を「新聞の見出し句」と勝手に名付けていますが、見出しは読者に解りやすく記事を要約するもので、川柳にはなり得ません。

では、

②適材を適所に異動成果出す

はどうでしょう。表現はスムーズになりましたが、味は出ません。

③適材を適所に据えて人事冴え

まだまだです。この際、比喩を使ってみましょうか。

④適材を植えると椅子に花が咲く

比喩を使うとこうなります。いっぺんに句に花《勲》が咲きました。この比喩はお解りですね。平凡にそのままを言わないことで句に川柳味が出ました。

別の例、

⑤フリーター転職ばかり繰り返す

これも全部言っています。味がありません。

⑥転職の度痩せていくフリーター

これは句のその後まで詠んでいてまだましですが、この際「転職」も言わないで作ってみましょう。

⑦フリーター会社の水を飲み歩く　勲

「転職」とは言っていませんが、読者は容易に想像してくれます。もちろん「水を飲む」は「水に慣れる」という言い習わしを利用したものです。

このように、全部を説明しないことが、「説明句」を避けて、いわゆる「川柳味」を出すことにもなります。読み手の想像力を働かせてあげることで川柳味が出せるなら一石二鳥ではありませんか。川柳の読み手は想像力を働かしたがっているのです。川柳は作者と読者（披講の場合は聴き手）の共同作業です。

次の状況を句にしてみます。

昇進をして大役を引き受けました。精一杯努力しましたが成績は上がらず、ストレスで十二指腸潰瘍になりました。

⑧**大役へ十二指腸が痛みだす**

句意は解っても面白味のない句です。そのままで川柳味がありません。

⑨**ストレスを十二指腸が引き受ける**

「大役」をカットしてみました。今度はカットし過ぎでストレスを溜める状況が消えてしまいました。では、十二指腸が痛む原因の「責任」を主人公にしてみてはどうでしょう。

⑩**責任が十二指腸を痛めつけ**

イマイチです。もっと大胆に、

⑪**責任は十二指腸が取りました**　勲

これで行きましょう。この句はかつて川柳研究社句会（題「痛む」津田暹選）で天の句になりました。筆者のまだ駆け出しの頃で、想い出の句でもあります。

繰り返しになりますが、省略の原則1は省略の初歩です。皆さんには初歩は早く卒業していただいて原則2を習熟してほしいと思います。

入選のツボ

- 省略の原則の二つ目は、〝全部言ってしまわない〟こと。
- 全部を説明しないことで読み手の想像力を働かせ、「川柳味」を出すことにつながる。
- 川柳は作者と読者（あるいは聴き手）の共同作業である。

入選のための秀句鑑賞

漕ぎつけたＴＰＰに岸がない　植竹　団扇

（題「やっと」岩田康子選）

比喩の力をよく味わって欲しい句です。ＴＰＰはご存じの通り難航の末ようやく合意に達しましたが、オバマ大統領の任期は終わりに近く、ＴＰＰ反対を公言しているトランプ氏が次期大統領に決まったことで、風前の灯火に。…これだけのことをＴＰＰを岸に漕ぎ寄せる舟に例えて簡潔に過不足なく表現しています。比喩の醍醐味が味わえる句です。川柳味もたっぷりです。比喩の効果を確かめてください。

ダイエット五輪の脂肪狙われる　阿部　勲

（題「削る」田中瑞枝選）

この句でも比喩を味わってください。小池百合子知事の登場で五輪の会場が見直され、結果は元の場所に落ち着きましたが、仕様を見直したことで、相当額の節約になりました。オリンピック委も都も手を付けず肥大した予算を新知事に指摘された結果です。…これを「ダイエット」と「脂肪」で表現しています。

新知事に五輪の無駄が削られる

では出ない川柳味が比喩のおかげで出せました。

まだ寝てる帰ってみればもう寝てる　遠くの我家

（第一生命・サラリーマン川柳）

サラ川なんて…という声が聞こえてきますが、サラ川にもいい句はあります。そっぽを向かずに読んでください。

省略の極致と言うべき凄い句です。何しろ述語ばかりで主語がないのですから。しかし本文に書いたように読み手は想像力を働かせてちゃんと読んでくれます。余計なことですが、省略した言葉を補ってみれば、（会社と遠い所に家を買ったので朝暗いうちに出勤するが妻は）まだ寝てる（夜遅く）帰ってみれば（妻は）もう寝てる（サラリーマンはつらいよ）。遠距離通勤のサラリーマンの悲哀を皮肉たっぷりに書いたサラ川の古典ともいうべき傑作です。この句からは当時（平成四年）の世相が読み取れます。女性が強くなったおかげで弱くなった亭主族、社員の事情は考えずに残業させる会社の勝手、反対に飲んで遅く帰る癖が治らない亭主に対する妻の反抗とも読めます。

こんな風に想像の余地がたっぷり出来ることも「省略」の効果です。

11 省略の原則　推敲の実例から理解を深めよう

前項まで「省略」についてお話ししました。しかし初心のみなさんにはちょっと難しかったかもしれません。特に省略の原則2は、解りにくかったと思います。本項はしつこいようですが、しっかり呑み込んでいただくように再度噛み砕いてお話しします。大事なところですからしっかり呑み込んでください。

省略の原則2は「**全部を言ってしまわない**」でした。例をいくつか挙げますので、消化してください。

例1　地震学者の話を聞くと、大きな地震の起こる周期が百年、二百年、数百年などと言われます。しかし我々には雲をつかむような話で当面の防災には役に立ちません。せめて十年単位で予報してほしいものです。

これを句にしてみましょう。

① **地震予知百年単位長すぎる**

そのままを言っていて味がありません。

② **百年の目盛りが予知に長すぎる**

「目盛り」がいい見つけで、ぐっと良くなりました。

③ **百年の目盛りで計る地震予知**

ここでクイズです。②と③を比較して、あなたはどちらを選びますか?

②と答えた方は残念ながら理解度が足りません。「長すぎる」が「省略」すべき言葉でした。句が説明調になっています。

例2 世は格差社会、貧富の差が拡大するばかりです。資本主義のアメリカも共産主義の中国も変わりはありません。貧乏人が損をすれば、金持ちが得をする仕組みに世界がなってしまったようです。

これを句にしてみましょう。

④**格差社会富が笑って貧が泣く**

言葉に無理があります。貧と富と両方言うから字数が足りなくなるので「富」だけに絞りましょう。

⑤**格差社会金持ちだけが笑ってる**

⑥**格差社会大金持ちの大笑い**

少しずつ良くなりましたが、川柳と言うにはまだまだです。いっそ「金持ち」を外してしまいましょう。

⑦**格差社会誰かが笑う声がする**

核心と思った「金持ち」を外した効果が出て、川柳味も出ました。「誰か」が「金持ち」のことなのは読み手が想像してくれます。省略が想像力を働かせ、川柳味を付けてくれました。

例3　午後のお茶ケトルの蓋がよく喋る　勲（題「蓋」江畑哲男選）

さてお茶にしましょうかと始まる老夫婦の会話はポツリポツリと途切れがちで、聞こえるのはケトルの音だけになります。阿吽がそこにはあって話さなくても解るからです。そのシーンとした感じを出そうと作った句です。

途絶える会話や阿吽は省略してありますが、省略した部分を味わっていただけたら、作者冥利に尽きます。

入選のツボ

- 推敲の課程で、省略できる語を徹底的に吟味しよう。
- 核心と思われる言葉を敢えて外すことで、省略が読み手の想像力を働かせ、川柳味が得られる場合がある。
- 川柳を動画にする技術を会得しよう。

入選のための秀句鑑賞

ＩＴの海指だけで泳ぎ切る 齊藤由紀子

（題「タッチ」竹田光柳選）

この句お解りですか？「ＩＴの海」はよく使われる比喩なので、覚えてください。ＩＴ時代になり老いも若きもＩＴにどっぷり浸けられてしまいました。まさにＩＴの海に浮き沈みしているのが我々です。そういうイメージをしてみると「ＩＴの海」が見えてくると思います。

ＩＴ時代に生き生きしているのは若い世代、人差し指一本でスマホを操り情報を軽々とゲットします。ＩＴの海をすいすいと泳ぐ姿を連想しませんか？

そう読むと「指だけで」がよく効いていますね。この句からは比喩の力と面白さを体得していただきたいと思います。

幸せを閉じ込めている冬の鍋 佐道　正

（題「蓋」江畑哲男選）

「蓋」の題でこれを見つけたのは凄いと思いました。団欒（あるいは仲間の集まり）の中心にある鍋の蓋を開けるときのときめきが伝わります。閉じ込めてあった幸せが解放された喜びが印象的に伝わります。湯気も見えるし歓声も聞こえます。句にはない蓋を開ける瞬間が見えます。初心の方は、この句から川柳を動画にする技術を学んでください。

遅刻してプーチンが出す軽いジャブ　阿部　勲

（題「演出」齊藤由紀子選）

プーチンの訪日は期待感を抱かせただけで土産は何もありませんでした。しかも最初から遅刻です。考えてみると最初から良いようにあしらわれた気がします。しかし最初の遅刻もプーチンの策略のひとつだったのかも。

この句は「軽いジャブ」の比喩の軽さを味わってください。

12 川柳の本質「ウガチ」を例句から理解する

前項までは、「省略」についてお話ししました。初心のみなさんの考えていた「省略」とは大幅に違っていたかと思います。「省略」には「言わないこと」で、読み手の想像力を刺激し、作者の「言いたいこと」をくっきりと浮き出させる効果があります。

本項からは、川柳の本質ともいうべき「ウガチ」についてお話しします。まず「ウガチ」の定義についてお話ししなければいけませんが、ヘタな「定義」をはじめに持ち出すと、初心の方を迷わせることにもなりかねません。

そこで、ウガチのある句の例を読んでいただいて、ウガチを理解していただきましょう。

真っすぐなキュウリが常識を曲げる　勲

もともと、畑になるキュウリは曲がっていたものでした。ところが今のキュウリは農協が売りやすいように、籠などに入れて真っすぐに育てるので、スーパーの棚には真っすぐなキュウリが並んでいます。
キュウリが曲がるものという常識が曲げられてしまっています。こんなところを見つけるのがウガチです。

百円の眼鏡で幸せが見える　勲

高価なメガネの方がよく見える…と人々は思いがちです。しかし百円ショップの眼鏡だって十分よく見えます。まして幸せは、心の眼で見る物ですからなおさらです。
「高いメガネはよく見える」という常識（思いこみ）は常識とは限らないのです。こういう見方がウガチです。

年金へデフレが杖を貸してくれ　勲　（題「加勢」）

デフレは普通は景気が悪いとみなされます。しかし、年金暮らしの人から見ると物価が上がらないことは、助かることです。年金は上がらないのに、景気がよくなって物価が上がることの方が困ります。

このように普通の考えと違う考え方もあるということをひょいと見せて読者をオヤと思わせるのが、ウガチです。

オキナワが基地のうま味を喋らない　勲（題「タブー」）

沖縄は米軍基地に土地を大幅に割かれて日常的に飛行機の騒音や米兵の不祥事などに悩まされています。それに対する政府の対策が不十分で沖縄の人たちは怒っているというのがマスコミの論調です。しかし基地の土地を貸して賃借料で潤っている人も基地に勤めて生活している人もいます。その辺はマスコミは報じません。

一方的な情報だけを伝えるマスコミもいけませんが、それをまるまる信じ込む大衆にも問題があります。こういうところを掘り出して見せるのもウガチです。

ケータイを持ちケータイに指示される　勲

（題「うるさい」）

ケータイはスマホになってより便利になりました。ところが、ケータイ（スマホ）を持つことによって会社からの指示が頻繁に来たり、妻からのあれこれの指示も来て面倒も増えました。単に便利になってよかったと喜ぶ人はお人好しと言っていいでしょう。

こういう物をはすかいから見る見方もウガチです。

入選のツボ

- 常識が曲げられてしまっているところを見つけるのがウガチ。
- 常識は思い込みの場合があり、常識が常識とは限らないという見方をするのがウガチ。
- 普通の考えと違う考え方もある、ということをひょいと見せて、読者をオヤと思わせるのがウガチ。

入選のための秀句鑑賞

ウォッカには通じなかった純米酒　芦田　鈴美

（題「温度差」中島和子選）

お解りになりましたか？ 先の安倍・プーチン会談です。会談前は期待が広がりましたが、終わってみればプーチンの土産は何もなし。がっかりでしたね。もちろん「ウォッカ」はプーチン、「純米酒」は安倍さんです。上手な比喩が皮肉の効いたいい句にしました。比喩の面白さと効果を学んでください。

レジ渋滞指が小銭に遊ばれる　齊藤由紀子

（題「ペース」阿部勲選）

スーパーのレジでよくおばあちゃんが小銭をお手玉して後ろの列を焦らしているのを見受けます。この句はそれを詠んだ軽い句ですが、「指が小銭に遊ばれる」の洒落た表現を鑑賞してください。

師の影をたまに追い越すマイペース　上田　健太

（題「ペース」阿部勲選）

「師の影を踏む」という言い回しがあります。この句はそれを借りています。師の影を追い越してはいけないのですが、師より弟子の方が上手くなるのはよくあることです。この句では何時もではなく「たまに」なのがミソでユーモアを醸し出しています。巧まざるユーモアを感じ取れれば、あなたの鑑賞力は合格です。

13 句を格段に進歩させる「ウガチ」の定義！

前項は「ウガチ」のある句を並べてお示ししました。「ウガチ」とは何かがおぼろげにお解りになったところと思います。しかし「ウガチ」の定義がなくては解りにくいという声が聞こえます。そこで本項は「ウガチ」の定義をお示しします。

「ウガチ」とは、**世間一般の常識や偏見にまみれた見方を裏返して、ストレートに物事の本質を見せること**です。

我々は生まれ育つ間にいろいろなものを見たり、教わったりしますが、知らず知らずの間に世間の持つ偏見も常識として刷りこまれます。そしてそれを疑わずに過ごしているのが普通の人々です。

また「偏見」というほどのことではなくても、そんなことは当たり前と思って深く考えないことは沢山あります。(私もあなたも)

頭を整理していただくためにクイズをお出しします。

①ＩＴの発達で世の中は便利になりました。

Ａ とても良い事だ

Ｂ 良くないことだ

Ｃ 良いことだが、副作用も多い、要注意

さて、どれに○をお付けになりますか。

Aに○をお付けの方は物事を表面だけで見ているきらいがあります。ITは確かに便利ですが、反面副作用もあります。スマホが家族間の会話をなくし、電車内の読書も消してしまいました。歩きスマホで街の景色を楽しむゆとりも減らしました。

Bに○をお付けの方はほぼ正解ですが、ITの良さも認めてあげないと不公平になりそうです。便利といえばこんな便利なものはありません。

したがって正解はCになります。

② 平均寿命が年々延びて、百歳も珍しくなくなりました。医学の進歩は有り難いことです。
A とても良いことだ
B 良くないことだ
C 良いことだが、一概には喜べない。寝たきりや認知症で百歳になっても嬉しくない。医学も寿命を単純に延ばすだけでなく人生設計の哲学も考えるべきだ。

Aに○をお付けの方はもっと深く物事を見る必要がありそうです。しかしこの見方をする方が過半数だと思います。Bに○をお付けの方は深く掘り下げて考える方です。しかしやや悲観的過ぎるかも知れません。百歳を健康で楽しく過ごされている方もいらっしゃいます。ということで正解はCにいたします。

クイズのかたちで、身近な例を出してみました。このように人々の考えは様々ですが、得てして世の常識や偏見の眼鏡で見て不思議と思わない方が沢山いらっしゃいます。これを偏向のない真っすぐな眼で見ることがウガチの発見につながります。

この真っすぐな眼は世上の「常識」や偏見で曇った眼鏡を拭きなおして真実をあばき出します。曇ったままの眼鏡で物事を見ている眼には、エーッそんな見方もあったのかという衝撃になります。

この「ウガチ」からの発想ができるようになると、あなたの句は格段に進歩します。是非「ウガチ」を身につけていただきたいと思います。

入選のツボ

- 「ウガチ」とは、世間の常識や偏見を裏返して、ストレートに物事の本質を見せること。
- 世の常識や偏見で曇った眼鏡を拭きなおして、真っすぐな眼で見ることがウガチの発見につながる。
- 真実をあばき出し、「ウガチ」からの発想ができるようになると、格段に句が進歩する！

入選のための秀句鑑賞

嘘つきの鏡を今日も拭いてやる　伊藤三十六

（題「鏡」齊藤由紀子選）

この句は「ウガチ」の句です。どうしてかって？　鏡はそのままを映すから嘘はつかないと一般には信じられています。どっこい鏡も嘘をつきます。人間は鏡を心で読むからです。その時に自分に都合のいいように像を修正してしまいます。鏡は嘘つきなのです。

嘘をつかないと常識の目に写る鏡は実は大嘘つきなのです。もう一つこの句で鑑賞すべきは「今日も拭いてやる」です。この軽い終わり方が、句に皮肉の胡椒をたっぷりと掛けました。もう一度じっくり鑑賞してください。

コンパクト含み笑いと閉じられる　島田　駱舟

（題「鏡」齊藤由紀子選）

この句の「含み笑い」は「口をとじたまま、声を出さずに笑うこと」と「広辞苑」にあります。つまりこっそりと人に知られないように笑う皮肉な笑いです。この句では自己満足の笑いと筆者は読みました。これは女の闘いの句です。「しめしめ私はあの人に勝っている」という笑いです。

平易な作りの中の強烈な皮肉をご鑑賞ください。

子の非行合わせ鏡を持たされる　　土田今日子

（題「鏡」齊藤由紀子選）

この句では「合わせ鏡」の上手な比喩を鑑賞してください。非行に走った子に昔の自分をそっくり見せられている母（父）が良く見えます。そのそっくりぶりが「合わせ鏡」で見事に表現されています。

週刊誌見出しの裏は骨粗鬆　　渡辺　梢

（題「うすっぺら」白子しげる選）

週刊誌の広告や中吊りを読むと、いかにも重大なことが書いてあるようで買ってみるとおどろおどろしい見出しの中身はスカスカということがよくあります。「骨粗鬆」の比喩が皮肉たっぷりに言い当てました。こんな比喩をみなさんも真似してみませんか。

必勝のための選者攻略法

14 社会観・人生観を持てば「ウガチ」は見つかる!

前項まで二回にわたって「ウガチ」についてお話ししましたが、しっかり飲み込んでいただけたでしょうか。「ウガチ」は川柳の肝心かなめに位置する大事なものです。

もし飲み込めていない場合は、もう一度読み返してみてください。

さて、ウガチがどんなものかは飲み込めても実際に見つけることが出来ないという方もいらっしゃるでしょう。

そこで本項は「ウガチ」の見つけ方を指南します。

まず、句を作るに当たって次の自戒をすることが大事です。

1. 表面的観察に終わっていないか
2. 世間一般の「常識」に囚われてはいないか

3. 多数の意見に引きずられていないか
4. マスコミの論調を鵜呑みにしていないか

これは、あなたは自分自身の社会観・人生観をしっかりと持っていますか？と問われていることです。エーッ川柳ってそんなに難しいの？と言われるかもしれませんが、ある程度の年齢になれば、誰しもそれなりの社会観・人生観は自然に持っているものです。そのお持ちの社会観・人生観でいいのです。

では実例で見てみましょう。

群盲が撫でてピカソがでかくなる　勲

ピカソは教科書にも載るくらいですから、もうしっかり市民権を得ていると言っていいでしょう。しかし筆者には解りません。したがって私には、それぞれがピカソを撫でて勝手な評価をしているとしか映りません。それを句にしたのがこれです。

世間一般の常識に引きずられず自分の考えを述べています。

市民マラソン自分に褒美出しにくる　勲

市民マラソンに出る人たちは（世界でシードされている選手は別として）賞金や大会の出場権を狙っているわけでなく、あくまで自分を試すために出るわけで、言ってみれば自己満足で足りるわけです。自分に自分で褒美を出して満足しています。それでいいのですね。そこにウガチを見つけました。

専用車均等法に席がない　勲

「専用車」は女性専用車のことです。言うまでもなく女性専用車には男性は乗れません。つまり「均等法」という人（擬人法です）には座る席がないのです。女性は男性より体力的に劣ることから痴漢などの被害者になりやすいことで出来た制度ですが、そう考えると逆差別と言うべきおかしな制度とも見えます。これもウガチです。

育児書が二度役に立つ長寿国　勲

「長寿は目出度い」は昔から決まり文句でした。今でもこの言葉の信奉者はいます。しかし筆者は昔から疑問に思っていたし、人生九十は長すぎると思います。お蔭で国庫は疲弊するし介護は社会問題になりました。そしてスーパーの売り場に積み上げられている紙オムツ…八十過ぎの筆者にはもはや他人事ではありません。苦い味のウガチがここにあります。

にんげんが好きで生臭さが消えず　勲

自嘲の句ですが実感句でもあります。しかしこの「生臭さ」がないとウガチも出てきません。句の解釈は読者にお任せします。

なお本項の例句はみな筆者の句集「斜光線」から採りました。

入選のツボ

ウガチを見つけるには、作句の際に四つの自戒をすることが大切。

①表面的観察に終わっていないか
②世間一般の「常識」に囚われていないか
③多数の意見に引きずられていないか
④マスコミの論調を鵜呑みにしていないか

自分の社会観・人生観をしっかり持つことで上記は解決する。

入選のための秀句鑑賞

造花量産アイドルがよく跳ねる　齊藤由紀子

（題「造花」野邊富優葉選）

題は「造花」ですが、句は人工的なアイドルを「造花」に例えています。そういえば彼女たちはまさに商魂が作った「造花」そのものです。商魂の鋳型で「量産」されるアイドル…見事なウガチの句です。

窓際のドライフラワー自負を持ち　北山　蕗子

（題「造花」野邊富優葉選）

こっちは窓際族です。すっかり枯れて「ドライフラワー」になっても「自負」だけはしっかり持っている。悲しい風景ですが、よく見る風景でもあります。「ドライフラワー」の比喩がわびしさを際立たせています。参考にしてください。

和菓子屋の四季を咲かせるウインドー　阿部　勲

（題「造花」野邊富優葉選）

和菓子屋は四季に敏感です。桜の季節は桜餅、鯉のぼりの季節には柏餅などがウインドーを飾ります。「ウインドー」の擬人化を参考にしてください。

15 常識を疑って発想をふくらませよ！

しつこいようですが、ウガチは川柳のキモですから、我慢してもう一回お付き合いください。前項に続きウガチの見つけ方です。

趣味という宝の山でなる迷子　勲

趣味はまさに宝の山です。しかし中に入ると出られなくなる恐れがあります。怖いですね。宝の山にワナを見つけたのがウガチです。

江戸前の代理が海を越えて来る　勲

戦後しばらくまでは、寿司のネタは近海ものでした。今では冷凍技術と輸送の格段の進歩で太平洋を越えて来るものがメインで、江戸前は看板だけになりました。

これもウガチです。

ピョンヤン放送籠のオウムがよく喋る　勲

北のテレビでチョゴリを着た女性アナが声を張り上げてジョンウンの功績を誉めちぎっていますが、外野から見ると籠の中のオウムが飴と鞭で強制されているのが読めます。可哀想です。これもウガチ。

皇室を思えば広いウサギ小屋　勲

題は「窮屈」です。皇室は庶民より広い部屋に住んでいますが、いつも衆人の眼に囲まれている窮屈さを考えれば、２ＤＫの庶民の部屋の方がゆったりと住めそうです。これもウガチです。

改革のムチに弱きが挫かれる　勲

題は「あべこべ」です。強きを挫き弱きを助ける筈が、改革の痛みは弱者に厳しかったですね。

バラマキの飴が未来を苦くする　勲

説明は要らないと思います。甘い飴と苦い未来のギャップがウガチです。

狼少年雇って少子化が騒ぐ　勲

少子化が日本の未来を無くすような議論をマスコミが書きまくっています。しかし少子化がそんなに悪いものか立ち止まって考えることも必要です。マスコミの作る「風潮」に安易に乗せられてはいけません。世相をウガチで斬りました。

目が澄んでいるから怖い自爆テロ　勲

自爆テロは、何も関係のない一般市民を標的にして、大量殺人を狙う憎むべき犯罪です。しかし実行犯は指導者を信じ切っている若者で、世を正すことを、命を賭けて実行すれば天国へ真っすぐ行けると教え込まれています。人を殺す犯人は眼が濁っていると思いがちですが、目が澄んでいる純真な少年・少女が、指導者に善と信じ込まされて純粋な気持ちのまま実行犯になっているのです。悪者は指導者であり、狂信的な宗教です。

「眼が澄んでいる」イコール純真イコール善という方程式は成り立たないのです。作者はそこに世間一般の常識との乖離を見つけました。これがウガチです。

ニッポンにGDPを足す介護　勲

介護は普通生産性と結び付かない概念です。介護は何も生み出さない、後ろ向きの仕事のように思われがちです。しかし今や介護は一つの産業になって、参入する企業も増えてきました。もうなくてはならない業種のひとつと言っていいでしょう。

GDPは国内総生産ですが、介護業界はGDPを産み出して日本の経済発展に寄与している存在です。世は核家族の時代です。もはや介護は家庭内だけで充足できるものではなく、国の関与も必要とされています。時代は様変わりしました。

介護に対する国民の認識の様変わりぶりに古い脳はついていけませんが、現実はどんどん先へ行っています。この認識のギャップからウガチを見つけました。


ウガチを発見して句に仕立てるには①みんなが常識と思っていることを疑ってみる↓②その常識をひっくり返したらどうなるか考えて発想をふくらます↓の順序で発想し、③具体例を見つけて句に作る…という手順が考えられますが、皆さんの脳は同時に三つのことが出来るようになっていますから、手順には拘らないでください。大事なのは①です。

「疑う」ことから発想をすることが「ウガチ」への早道です。それが習慣になってくると、ウガチは易しくキャッチできます。

ウガチを発見して句に仕立てるための3項目

①常識を疑ってみる。
②その常識をひっくり返して発想をふくらます。
③具体例を見つけて句を作る。

「疑う」ことから発想することが、ウガチのへの早道。

入選のツボ

入選のための秀句鑑賞

男ってバカねとカクテルが嘲う　芦田　鈴美

（題「猫かぶり」五十嵐淳隆選）

「カクテル」の擬人法と「省略」を鑑賞してください。この句で嘲っているのはカクテルではなく、冷めた目で見ている第三者ですが「カクテル」にすることによって表現に幅が出来ています。川柳の「表現」もここから学べます。なお「嘲う」でワラウという読みは辞書にないなどと言わないでください。確かに広辞苑にも明鏡にもありませんが、これも川柳の「遊び」です。（なお川柳の「表記」については別項でお話しします。）

句意は惚れた女にカクテルを奢って、あとでフラれることも知らず得意になっている男を嘲った句とも読めるし、格好をつけたがる男という人種を笑う句とも読めます。読み方は自由です。

一目惚れホホホと月見草になる　齊藤由紀子

（題「猫かぶり」五十嵐淳隆選）

この句、「月見草」が解らないと読めないかもしれません。今は解説者、野球評論家の野村克也さんが昔自分を長嶋さんと比較して月見草と呼んで一時は流行語になりました。デビューの時からスターだった長嶋さんに叩き上げの自分を比較した自嘲的表現が受けたのです。

男の人に一目ぼれした娘（熟女？）がその気持ちを隠していじらしい女を演技する

…が句意ですが、表現の妙を鑑賞してください。

七色のネオンに夜が騙される　時枝　利幸

（題「いろどり」北山蕗子選）

騙されるのは本当は鼻の下の長い男性ですが、この句は「夜」を擬人法の対象にしたために、句に広がりが出来ました。擬人法の上手な使い方を参考にしてください。

二三本までは白髪も抜いてやり　上田　健太

（題「まばら」佐藤孔亮選）

「題」のところでお話ししましたが、句会での楽しみは「題」と戯れることです。この句はまさに題と遊んでいます。白髪がまだ「まばら」なうちは奥さんも毛抜きで抜いてあげたりしますが、増えてくると抜けないでしょう。ちょっとした見付けが面白い句になる例です。

本当の助言漢方薬になる　上村　脩

（題「助言」安藤紀楽選）

「漢方薬」の比喩を味わってください。漢方薬はゆっくり、じわりと効いてきます。したがって副作用もありません。ああそうかと後から納得するのが本当の助言です。比喩を使わないと「本当の助言後からじわり効く」になりますが、面白味がなくなってしまいます。

16 あなたの運命を決める絶対的存在が「選者」！

本書は「入選にとことんこだわる」という惹句がついています。したがいまして筆者としてもそれにこだわらない訳にはいきません。そこで本項からはいよいよ本丸に突入します。本丸に居るのは誰か？　それは選者です。その選者について考えてみましょう。

句会でも大会でも句を選ぶのは選者です。選者によって句は入選と没に仕分けられ、さらに天・地・人、客、秀などとランクが付けられます。これが結果となって披講され、柳誌に載ります。言ってみればあなたの句が入選するか落選するか、どうランク付けされるかは選者の一存で決まります。選者は神様なのです。

では、その選者はどうやって選ばれるか。大会でも句会でも主催者が選びます。大会の場合はあらかじめ主催者が選者を選んで本人の承諾を得て発表します。句会でも句会の責任者が選者を選び本人の同意を得て発表することは大会と同じですが、句会の場合は当日に選者を決める「席題」というものがある場合があります。この場合は句会の責任者が当日の出席者の中から選んで、本人の承諾を取ります。発表する時間はあらかじめ決めてあります。

さて、では皆さんはそういう選者とどう向き合ったらいいか——ですが筆者がお勧めしたいのは、選者を全面的に信用することです。選者はそれなりの経験があり、選ぶ目も確かだから選者に選ばれているのです。まず、尊敬しましょう。特に初心者の方は選者の良し悪しを言う目が育つまではそういうスタンスでいった方が上達も早いと思います。

では「選」はどういうように行われるか、実際の例を句会で見てみましょう。皆さんが句会へ行かれると、まず受付で会費を払い句箋という長方形の紙を貰います。会場には題と出句する句の数（例えば一題に三句など、句会によって決められています）と締め切り時間が貼り出してありますから、席であなたの句を句箋に鉛筆で記入し、会場内に置いてある「句箋箱」に題ごとに（題は箱に書いてあります）入れます。これで出句は完了です。

締め切り時間になると句会の担当が締切を宣言、句の入った句箋箱を各選者に渡します。みなさんは談笑するなり食事に行くなりで披講を待ちますが、選者の仕事はここからです。

選のやり方に決まりはありませんが、ここは筆者のやり方をご紹介します。テーブルの横長のスペースを確保して一番右に空の句箋箱を置きます。句箋は左手に持って（持ちきれない量の場合は持てるだけ）一枚ずつ読んでいきます。没（落選）と決めた句は句箋箱（三つに仕切られているものが多い）の仕切りの一番右に入れます。

没にするか入選にするか迷う句は左の仕切りへ入れ、入選の句はテーブルの上に左から右へ良い句の順で並べます。そうして三才（天地人）の候補をまず選びます。一番左の十句くらいを比較して天地人を決めます。天地人には特にフレッシュで今までにない発想の句、比喩が抜群に巧みで驚きのある句を選びます。三才が決まると次は五客ですが、これはさっきの十句の残りに五句ぐらいを足してその中から選びます。三才にはユニークだと思う句を優先しますが、五客は安定感と充実感を優先します。

ここまで出来るとあとは楽で、決められた秀句の数を逆の順に（秀句の数が30なら30、29、28というように）番号を付けていきます。そうして1になれば完了です。

筆者はこの後句箋箱の左の仕切りをもう一度見ることにしています。さらに右の仕切りも。選は最初が甘く中ほどは辛く後になるとまた甘くなる（筆者だけかもしれませんが）傾向があるからです。

なお同じ発想の句があったらそれはテーブルの別のところに置き、後で比較してみますが、これは同一発想の句を二つ抜かないようにするためです。

もう一つ注意するのは句の既視感です。なんか前に読んだことがあるなあ…という句はいい句でも外すことにしています。二重投句（盗作も）を採る危険を排除するためです。

いずれにしても選者の醍醐味は、琴線が思い切り掻き鳴らされて桃源郷に遊ぶことです。

入選のツボ 今回の要約

- 句会や大会において、入選か否かを決定づけるのは選者の一存にかかっている。
- その絶対的存在である選者と向き合うには、まず主催者が選んだ選者の選句眼を信じること。選者を尊敬し、全面的に信用することからスタートし、選の善し悪しを磨いていくことが上達の近道になる。

入選のための秀句鑑賞

スーパーのレジへ諭吉もシャボン玉　渡辺　梢

（題「軽い」願法みつる選）

「諭吉」はもちろん一万円札のことです。この句の面白さは「シャボン玉」の比喩です。万札は崩すとあっという間に消えてしまいます…泡のように、シャボン玉のように軽く…。

初心者の方は「諭吉」の使い方を真似てみてください。諭吉は（福沢諭吉です）もともと人名ですから擬人法によく馴染みます。

突き出しがすまして座る請求書　阿部　勲

（題「そんなもんだよ」植竹団扇選）

突き出しは頼まないのに出てきます。おそらく外国人には（日本人にだって）不可解な飲食店の習慣です。無料の場合もあるようですが、ほとんどは有料です。しかし残念ながらもう市民権を得ているようで、こんなことを言う筆者が無粋なのでしょう。

この句ではそんな「突き出し」の擬人化の面白さを味わってください。「すまして」のウガチも。

しずしずと喉が渇いてきた出番　潮田　春雄

（題「おろおろ」和泉あかり選）

新人歌手のデビューがまず想像されますが、舞台の袖で出番を待つのは緊張するものです。この句の決め手は上五の「しずしずと」です。緊張した喉に時間が止めようもなく着々と迫ってくる様子が見事に表わされています。二度三度読み返して表現の妙を味わってください。表現によって句が生きる好例です。

目の上に九条がある自衛隊　阿部　勲

（題「泣き所」芦田鈴美選）

「目の上のたんこぶ」という昔からの言い習わし（比喩）がありますが、自衛隊にとって憲法九条はまさに目の上のたんこぶですね。九条のおかげで日陰の身でいるのは鬱陶しいことでしょう。安倍首相が九条を変えずに自衛隊を憲法に明記する改正案を提出すると述べていますが、また論争が続くことでしょう。句は一読明快、説明は要らないでしょう。題と句がジグソーの穴におさまるピースのようにピタリと合う感じを鑑賞してください。

17 選ばれる側が立てるいい作戦、悪い作戦

前項は選者についてお話ししました。初心者の皆さんの選者に対して取るべきスタンスは選者を神と思って信頼することと申し上げました。とはいっても、選ばれる側にも作戦を立てて悪いことはありません。その作戦と注意点について二、三お話しします。

①悪い作戦――当て込み

「当て込み」とは選者の好みや趣味を知って、それに合わせた句を出すことです。しかしこの試みはほとんどの場合失敗します。ユーモア句で知られた選者が選をすると、意外に真面目な句しか選ばなかったり、競馬好きで有名で、馬の句でよく入選している人が選者になると馬の句は選ばなかったりということがあります。馬についてよく知っているから、付け焼刃の句は見抜かれてしまうのです。いずれにしても「当て込み」は得にならないと覚えてください。

②いい作戦――選者をおどろかす、ハッとさせる

選者の醍醐味は素晴らしい句に出会うことです。エーッこんな見方があったか、こんな表現があったかとハッとおどろく瞬間がまさに選者冥利と言えるでしょう。神である選者が相好を崩してよろこぶ贈り物を届けようではありませんか。

③いい作戦——時機に合わせる

その時の話題を句に取り入れることは句に花を持たせる効果があります。これもいい作戦と言えるでしょう。但し頑なに時事吟は抜かないとおっしゃる選者も中にはいらっしゃるので要注意ではあります。誰がそういう人かは周りのベテランの方に聞いてください。

以上、前項の補足です。一番いい作戦は、もちろん正攻法の②に尽きます。

選ばれる側の作者が立てるオススメの作戦

①選者に「選者冥利に尽きる」と言わしめる、選者をおどろかす、ハッとさせる句を作ること。

②時事川柳がテーマでない場合、選者によっては敬遠される恐れもあるが、世間の旬な話題を句に取り入れると、句に花を持たせる効果がある。

入選のツボ

入選のための秀句鑑賞

勝ち星が股の間を抜けて行く　栗原　大和

（題「トンネル」阿部勲選）

野球のトンネルです。野手がゴロをきちんと捕球すればゲームセットで勝ちだったのに、トンネルをしたので勝ち星に逃げられたということですが、「勝ち星」の擬人化表現がおもしろく、「股の間を抜けて行く」のユーモラスな表現がさらに句の面白みを増しています。句の軽みととぼけた味がサイコーです。選者は当日のユーモア大賞として天に選びました。

万国旗のフォークダンスがぎこちない　芦田　鈴美

（題「お互い様」中島和子選）

「万国旗」は国連や国際会議における諸国を表現しています。「フォークダンス」はそれらの会議場での諸国のふるまい（友好を表現する）を皮肉った比喩です。国際友好というテーマがありますからみんな仲良く明るく踊りますが、もともと意見が違ったり、反目したりの間柄なので踊りはぎこちなくなります。「万国旗」「フォークダンス」の比喩と句に含まれたウガチが読めるようだとあなたは一人前の川柳家です。句から比喩の面白さ、奥深さを学んでください。（同時にウガチを感じる力も養ってください）。

減反で両足付いている案山子　時枝　利幸

（題「のほほん」渡辺梢選）

この句も比喩で構成されています。案山子は本来片足で立っていますが、減反で仕事がないのでもう一本の足も出して楽をしています。（案山子にはもともと足は一本しかないなどと理屈は言いっこなしです。）この比喩が「のほほん」を表わしてユーモラスです。この句からは比喩の面白さとユーモアの表出の仕方を学んでください。

真実が美談の裏で泣いている　伊藤三十六

（題「美談」河合成近選）

美談というものは怪しいものです。作られた美談があまりにも多いからです。（偉人物語はそれに満ちています）この「怪しさ」を嗅ぎ付けた作者の鼻は確かです。この句も「真実」を擬人化した表現を使っています。ベテランの作者になると擬人法は手の内に入っています。この句からは、作者のシャープな視点（これもウガチです）と表現を学んでください。

冷蔵庫ムダがゾンビになっている　渡辺　梢

（題「無駄」宮内みの里選）

「ゾンビ」の比喩が凄いですね。ゾンビはロメロ監督の映画が当たって日本でも一部でブームになっているようですが、死体が蘇ってゾンビになり人を襲ったり、ゾンビに噛まれると人間がゾンビになってしまったりする恐怖映画のようです。いわば死にぞこないでしょうか。

冷蔵庫の中で賞味期限を過ぎてかびたり腐ったりしているものが放置されている状況を見事に言い表しています。この比喩一発でこの句は成り立っていると言っていいでしょう。びっくりさせる比喩です。皆さんもこんな比喩を何時か見付けてください。
比喩の凄さと効用を学んでください。

18 表記の仕方で印象がガラリと変わる！

本項は表記についてです。皆さんが、句会や大会へ行かれると「句箋」という短冊形の紙を渡されます。これに句を書いて「句箋箱」に入れると選者のもとに運ばれ、選者はこれを見て選をすることになります。この時に「表記」が問題になります。その色々についてお話しします。

◇漢字か、平仮名か、カタカナか

女・おんな・オンナ。
比べてみましょう。表記の仕方で印象が随分変わります。「女」は普通一般の女性ですが、平仮名にすると女性のやさしさ、女らしさが強調されますね。「オンナ」になると若いピチピチした感じやおきゃんな感じ、(場合によっては)不良っぽい感じも出ます。

こんな風に同じ「女」でも、表記によって印象が随分変わります。句箋に記入する前に表記についても十分考慮する必要があります。

実例で見てみましょう。

例1　支持率と撮るセンセイのツーショット　勲　(題「あやかる」)

この句の場合、「先生」でもいいのですが、より皮肉をきつくするため、「センセイ」を選択しました。金バッジを付けた議員の得意げな顔が浮かべば成功です。

例2　バラマキの飴が未来を苦くする　勲　(題「有難迷惑」)

ばら撒きの効果はその場限りで、そのために悪化した財政は長く後まで響きます。

この句のカタカナ表記も皮肉をより効かすためです。「ばら撒き」と比較してみてください。

例3　割り箸がモッタイナイと戦する　　勲　（題「割る」）

これはケニアのノーベル賞受賞者で環境保護活動家マータイさんが来日した時、日本語の「勿体ない」に強い感銘を受けて、この言葉を世界に発信したことを下敷きにした句です。単に勿体ないと表記したのではマータイさんの顔が写りません。それでカタカナ表記にしましたが、ここはMOTTAINAIとローマ字表記にしてもよかったと今は思います。

例4　にんげんだから永久の字は読めません　　勲　（題「永久」）

この句も相田みつをの「にんげんだもの」を視野に入れています。それだけでなく、にんげんという肉体のあるはかない存在への憐憫の思いも表現したつもりです。死後のことを教えない神様への皮肉もちょっぴりと。この句の平仮名は譲れません。

例5　ニッポンの頭はNOを言うと出る　勲（題「頭角」）

今でこそ日本の声は国連で聞こえるようになりましたが、以前の日本は国連で無口でした。アメリカが何か言うと、そうだその通りと囃すのが精いっぱいで、アメリカの意見に逆らうことはありませんでした。しかしある時期からは、やっとそれも言えるようになって、G8などの記念撮影でも安倍さんは舞台の端っこでなく中ほどに立っています。

日本をカタカナで表記したのは、そんな時期の日本に対する皮肉です。

一般的に漢字は一目で解る効果があります。反面硬い感じがします。平仮名は柔らかい感じですが一目で解る点では漢字に及びません。カタカナは外来語や新語に使いますが、その言葉を目立たせたり、皮肉な感じを出すのにも効果があります。

それぞれの効果に応じて使い分けましょう。

なお読みやすさと視覚をほっとさせる効果を考慮に入れれば、漢字を主役にして平仮名・カタカナをバランスよく配合するのも必要なことです。

なお特殊な例としてはヒロシマと書くと被爆地の広島になります。

入選のツボ

- 同じ単語でも、その表記を漢字にするか、平仮名にするか、カタカナにするか、ローマ字にするかで全く句の印象が違ってくる。
- 漢字はひと目で解るが硬く、平仮名は柔らかい感じだがひと目で解りにくい。カタカナは外来語や新語以外にも、その言葉を目立たせたり、皮肉な感じを出すのに効果あり。
- 句の詠みやすさと視覚をほっとさせる効果を狙うなら、漢字を主役に平仮名・カタカナをバランスよく配合するのがベター。

入選のための秀句鑑賞

生煮えを食べ原発の食当り　増田　幸一

（題「生煮え」佐道正選）

原発についてはその功罪に議論がありますが、福島の例を見ると「絶対安全」ではなくやっぱり危ない所があります。あの事故も厳しく言えば「絶対安全」を突き詰めなかったミステークでしょう。それを「生煮え」と見たのが作者のセンスの鋭さです。句にはイマの政治や学者への批判も黙って傍観している国民への警告も入っていて、うんうんと肯かせます。

この句からは、発想のユニークさと題との付かず離れずの関係を味わってください。

約束を破るつもりの生返事　伊藤三十六

（題「生煮え」佐道正選）

強烈なウガチの句です。題の「生煮え」からこの発想…。しかも「約束を破るつもり」ですから。考えてみると我々の日常によくあるシーンですが、こんなところにポンと持って来られるとドキッとします。すごいインパクトのある句です。

この句からは題と句とのすれ違っているようで微妙に触れ合っている関係（前の句と同じです）をまず味わっていただき、次にウガチのパンチ力を鑑賞してください。

邸宅の跡地へ詰めるマッチ箱　白子しげる

（題「土地」津田暹選）

土地百坪の邸宅が売られると不動産業者が跡地へ三十坪の家を三つ建てて売り、お屋敷町のイメージが崩れていく様子をよく眼にします。そんな様子を皮肉に描いた句です。

この句からは「マッチ箱」の比喩、「建てる」でなく「詰める」にした言葉の選択（土地の狭さを誇張しています）などのノウハウを学んで手に入れてください。

欲望の電車にバックギアはない　　時枝　利幸

（題「前向き」江畑哲男選）

昔「欲望という名の電車」という映画がありました。ブロードウェイでヒットした舞台の映画化で評論家には受けましたが、一般受けはしませんでした。しかし題名がユニークなので記憶に残っています。この句はそれを念頭に置いて作られたものですが、人間の欲望の限りなさを見事に表現しています。上手な比喩の造るインパクトを鑑賞してあなたのものにしてください。

前向きの喇叭はいつも甲高い　　北山　蕗子

（題「前向き」江畑哲男選）

「俺が、俺が」という目立ちたがり屋はこの世に多いですが、その人達の様子を見事に皮肉った句です。「喇叭」はそのでかい声を表現した比喩です。この句が一発で読めれば、あなたの鑑賞力は合格です。

初心者が参考にするには、いい句です。是非手本にして上達の糧にしてください。

19 二つの大切な表記の注意点とは

本項も表記についてです。前項は漢字・平仮名・カタカナの使い分けについて実例を引いてお話ししました。

表記次第で句の印象が変わることがお解りになったと思います。あなたの書いた句箋の表記次第で句が抜けたり（入選したり）没になったりします。表記をおろそかにしてはいけません。

今回は表記の注意点をお話しします。

①亡母（はは）・亡父（ちち）は避ける。

音数を五七五に合わせるために亡母（ぼうぼ）をははと読ませる句をよく見かけますが、亡母は「ぼうぼ」であり「はは」とは読めません。どうしても「亡き」を入れたいなら「亡き母」「亡き父」にすべきです。

このほかに「夫」を「つま」と読ませたり「女」を「ひと」と読ませたりする句も見かけますが、これもいけません。それでも「亡き」をどうしても句に入れたいという方もいらっしゃるでしょう。その場合は先にお話しした「省略」を思い出してください。ここは「亡き」を書かないで、読み手に想像してもらうことです。

例 仏壇で妻の遺影がよく笑う

これは「遺影」とあるので亡くなっていることが解るし、

例 父の日の茶の間で父と酒を酌む

これも読み手の想像力が補ってくれるでしょう。

なお、これには例外があります。川柳の慣習として次の三つは許されているようです。

「小さい」を「ちさい」と三音で読む

「娘」を「こ」と読む
「初春」を「はる」と読む

②漢字を正しく使う

同じ音で当てる漢字によって違うニュアンスになる言葉があります。例えば聞く・聴く・訊くなど。「聞く」は一般的な聞く、聴くは傾聴する、訊くはものを訊ねる、尋問するなどです。

このほか注意して使い分けたい同音語には、次頁のようなものがあります。これらはそれぞれ違うニュアンスを持っていますので、ピタリ合うものを選びましょう。

それには辞書が役に立ちますが、私の使った範囲では明鏡が親切でした。三省堂の新明解もユニークで解りやすいです。スーパー大辞林も親切で事細かですが、ムラがあります。広辞苑は聞きたいことを教えてくれないことがあります。

（試しに「わかる」を広辞苑と明鏡で引き比べてみると、広辞苑では「分かる、解る、判る」の漢字の使い分けに触れていないのに対し、明鏡は表記の欄を設けて三つの漢字の使い分けを説明しています。）

　分かる、解る、判る

「分かる」は一般的なわかる、「解る」は理解できる、「判る」は判断できる、判別できる。

　会う、逢う、遇う、遭う

「会う」は一般的なあう、「逢う」は会うの美的表現で親しい人や恋人とあう、「遇う」はたまたまあう、「遭う」は災難など好ましくないものにあう。

　切る、斬る、伐る

「切る」は一般的なきる、「斬る」は人を斬る、「伐る」は木をきる。

　変わる、代わる、替わる、換わる

「変わる」は一般的なかわる、「代わる」「替わる」「換わる」は「代替」というように、同じようなニュアンスですが、正しくは辞書を参照してください。

笑う、嗤う

「笑う」は一般的なわらう、「嗤う」は馬鹿にする、嘲笑するです。

飛ぶ、跳ぶ、翔ぶ

「飛ぶ」は一般的なとぶ、「跳ぶ」はジャンプする、「翔ぶ」は飛翔するで、川柳では強調語として使われています。

そのほか以下のようなものがありますが、（まだまだあります）辞書を引いて正しいニュアンスを確かめることが大事です。

使う、遣う

上がる、挙がる、揚がる、騰がる

立つ、佇つ

住む、棲む

跡、痕

入選のツボ

- 川柳の音数に合わせるために「亡母」を「はは」などと読み方を強引に変えるより、省略を有効に用いて読み手に想像してもらおう。
- ただし慣習として許容されているものに「小さい＝ちさい」「娘＝こ」「初春＝はる」などがある。
- 自分に合う辞書を上手に活用しながら、漢字を正しく使おう。
- 川柳を作ることは哲学することとつながる。平生からの物を見る眼が大切。

入選のための秀句鑑賞

固茹での枝豆女子会で爆ぜる　印牧さくら

（題「若い」いしがみ鉄選）

「固茹での枝豆」がこの句のハイライトです。最近は女性も高学歴が増え、女子会の話題も芸能人の噂や、イケメン談義ばかりでなく、政治・経済・文学・芸術などお固い話題に及んでいるようです。この句は大学を出たばかりの小生意気な女の子が半可通の文学論を振り回して女子会を辟易させている様子が読めます。「枝豆」とくればビールが連想され女子会がジョッキで盛り上がっている絵が見えます。「固茹で」は女の子の世知になじまない融通の無さ、頭でっかちを上手に表現しています。

この句からは自由自在な比喩の使い方、面白さを学んでください。

（題「渦」大戸和興選）

白人主義たまった澱を掻き回す

田中　瑞枝

白人至上主義者たちのデモと反対派が衝突した事件がアメリカであって、日本では馴染みのない「白人至上主義」の根強さが見せつけられました。まさかと思われたトランプが大統領になったのも、誇りを傷つけられたプアホワイトの票が流れたせいとも言われています。しかし白人が優秀という神話はもう崩れていて、白人至上主義者がどう足掻こうと叫ぼうと二度と復活はしないでしょう。デモのやったことは、彼らの不平不満を盥に入れて掻き回すだけのことで何も起こりません（テロが怖いですが）。句は白人至上主義の行き詰まりを的確に指摘しています。この句からは「たまった澱を掻き回す」の比喩を良く味わってください。

制裁の場で抜け穴が主演する　阿部　勲

（題「シーン」上村脩選）

「抜け穴」を主演させたところがこの句のポイントです。題が「シーン」ですから「制裁の場」にして芝居仕立てにしてあります。いくら制裁を重ねても中露の抜け穴があっては効果はありません。この句からはシナリオを書いて句を作るテクニックを学んでください。同時に川柳の遊び心も体得してください。

熟れていく痛みに気づかない若さ　加藤ゆみ子

（題「若い」いしがみ鉄選）

この句の魅力は何といっても見つけの良さです。思春期青春期に感じた訳の分からない胸の痛みは成長期の骨の軋みみたいなもので、成長が止まるとみんな忘れてしまいます。中年になってから思い出すと胸がキュンとなる懐かしさを感じます。

あれは「熟れてゆく痛み」だったのです。「若い」の題からこの発想は作者の中の詩人が見つけたものでしょう。

この句から学んでいただきたいのは、平生からの物を深く見る眼がいかに大切かということです。川柳を作ることは哲学することとつながります。ちょっと難しいことを申し上げましたが、常識や慣習に流されない眼を養うことは難しいことではないと思います。前にお話しした「ウガチ」を思い出してください。

20 大切な表記の注意点　その二

本項も引き続き表記についての注意事項をお話しします。繰り返しますが、本書には、「入選にとことんこだわる」とキャッチフレーズがついているので、その線に沿ってお話しします。

③振り仮名は付けない

読みにくい漢字には選者が読めないといけないと思って振り仮名を付けたくなります。蟋蟀（コオロギ）、翌檜（あすなろ）などです。また読みが二つあるのでどっちかに読んで欲しいこともあります。たとえば「背負う」は「せおう」とも「しょう」とも読めて「せおう」は三音、「しょう」は二音ですから、選者に音数が違うと誤解されるのが嫌で、はっきりさせたいために振り仮名を付けたくなることもあります。しかしやめておきましょう。

選者のプライドを傷つけることがあるからです。それを避ける高等手段としてHBくらいの鉛筆で振り仮名をつけ消しゴムで消す（完全に消えないで痕が残る）という姑息な手段を勧める人がいます。しかしこれにも選者のプライドは反応しそうです。こんなことは止めて選者を信じましょう。

前の例では蟋蟀は「コオロギ」とカナ表記にする、「翌檜」も「あすなろ」と平仮名にすればいいのです。

④括弧・一字空け・記号もできるだけ避けよう
言葉を強調するための「 」は筆者も文章では便利に使いますが、句箋では止めています。選者によっては従来の慣習に捉われて毛嫌いする人もいるからです。句の途中に空白を置く「一字空け」や！？などの記号も同様です。

⑤算用数字も使わないのが原則ですが、3・11など大災害・大惨事を詠むときに印象を強くするために使うことはあります。なお音数の数え方は、3・11はサンテンイチイチ、311はサンイチイチなどと読みます。ご存じ二・二六事件は2・26とは書かず、読み方もニイニイロクと六音です。中の・は数えません。念の為。

⑥新語の動詞を**ひらがな・カタカナ混じりにして印象を強くする**手法もあります。（例）グレる、キレるなど。新語でなくても「切れる」と「キレる」、「持てる」と「モテる」を並べてみると効果がお解りになると思います。

入選のツボ

- 「選者が読めないのではないか」と思って、読みにくい漢字にフリガナをつけることは、時に選者のプライドを傷つけることになる。カタカナ、ひらがな表記にして選者を信じよう。
- 括弧や一字空け、記号は言葉を強調するときに便利だが、逆効果になる場合もあるため、使い方には十分注意する。
- 算用数字は印象を強くするために効果を発揮することがある。
- 動詞を平仮名・カタカナ混じりの表記にして印象を強くする手法もある。

入選のための秀句鑑賞

居酒屋でボロを干してるイエスマン　小倉　利江

（題「ぼろぼろ」中島かよ選）

「ボロを干してる」の比喩がお解りでしょうか。イエスマンは上司の言うことならなんでもハイハイと聞いて、NOは封印していますから、気疲れの毎日です。ボロボロになった心と体を居酒屋のアルコールで洗濯して乾かしてホッとします。それをベテランの川柳家は「ボロを干してる」で簡略に表現しています。皆さんも早くこんな表現が使えるように、このフレーズを良く咀嚼してください。

ボロボロの地球いやいや廻ってる　弘　二三夫

（題「ぼろぼろ」中島かよ選）

擬人法の面白さを味わってください。この句のキモは「いやいや」です。にんげんに翻られてボロボロになった地球はもう自転するのさえ面倒なくらいダメージを受けてそれでも仕方なく回っています。地球は人間の奴隷にされてしまいました。作者の想像力が地球の人とのかかわりをパロディーにして見せてくれています。

珈琲と書けば高級感香る　増田　幸一

（題「みせかけ」阿部勲選）

メニューにコーヒーと書いてあっても珈琲とあっても出て来るものは同じですが、

見た感じは違います。カタカナの方は普通の珈琲ですが、漢字にすると途端に高級感が出てきます。コトバのマジックみたいなものですが、みんな引っ掛かります。ちょっとしたことから発想した軽い句ですが、なるほどと思わせます。
この句では最後の「香る」に注目です。

珈琲と書けば高級感が出る

と

珈琲と書けば高級感香る

を比べてください。前者は当たり前ですが、後者はウムと納得させられます。こんな小さなところで、句の魅力が出たり出なかったりします。ベテランのテクニックに学んでください。

想定外準備している大ナマズ　阿部　勲

（題「やがて」高木道草選）

政治の世界で「想定外」が議論されたのは福島原発のメルトダウンの時でした。あんなに大きな津波は想定されておらず、もっと防波堤を高くしておけば被害は防げたのではないかという議論です。評論家のよくやる結果論のような気もしますが、結構声が大きかったですね。

この句の「大ナマズ」は地中の大ナマズがあばれて地震が起きるという民間伝承みたいなものがあるので、それを受けたものです。句は「やがて」フクシマのように災害は人間の想像を超えてやってくるに違いないということを、ナマズを主人公にしてシナリオを書いたみたものです。

想像力でシナリオを書くことが川柳になることを覚えてください。

（題「やがて」高木道草選）

大臣の椅子文春にお伺い

三上　武彦

初めて大臣に任用されるときは厳しい（？）「身体検査」があるようです。にもかかわらず、マズい前歴が週刊誌にすっぱ抜かれたりして辞任になるケースが後を絶ちません。ならば、身体検査よりも週刊誌にお伺いを立てた方が早いじゃないかという皮肉な句です。

この句では、題の「やがて」と句のかかわり方をまず確かめてください。このように想像力をふくらませるかかわり方も題と句をつなげます。

もう一つはあり得ない想像も句に出来ることを覚えてください。句をパロディー仕立てにすると皮肉も効き笑いのある句にもなります。真似してみましょう。

21 大切な表記の注意点　その三

本項も表記についてです。

⑥常用漢字には拘らない

「常用漢字」というものがあります。明鏡国語辞典によると「一般の社会生活での漢字使用の目安として、『常用漢字表』に掲げられた１９４５字の漢字▽１９８１年当用漢字に代わるものとして内閣告示された。」とあります。これにこだわる方も川柳作家の中にいらっしゃいますが、皆さんはこういうものがあることを頭の片隅に置くくらいでこだわる必要はありません。お役所、新聞社、学校の教師以外の方は一生付き合わないで済むようなものです。ご安心ください。

⑦略字は避けよう

但し、漢字の略字については、使ってはいけないものがあります。皆さんが普段平気で使っていらっしゃる字の中にもあるので注意が必要です。選者はこれには厳しい人が多いので、気を付けましょう。中でも要注意な例を挙げておきます。

例 卆→卒　○卒業　×卆業
仂→働　○労働　×労仂
耺→職　○職安　×耺安

⑧アルファベットについて

ＩＴやＡＩなどアルファベットでなくては表記できない言葉が増えてきました。これらはもう日本語として定着したと言っていいでしょう。表記も当然アルファベットになります。

⑨表記の問題点

川柳は文芸の一つですから、どんな表記をしようが作者に任せるべきではないかという意見があります。筆者もこの意見に賛成です。しかし本書には「入選にとことんこだわる」というキャッチフレーズがついているので、それをお勧めする訳には参りません。選ぶのはあくまでも神である選者ですから、ご機嫌を損ねては元も子もありません。

「一字空け」、括弧、記号なども「やめよう」と申し上げたのはこの配慮からです。念の為。

入選のツボ

- 常用漢字は頭の片隅に置く程度でよく、こだわる必要はない。
- 入選にこだわるなら略字、一字空け、括弧、記号を使った表記は止めよう。
- 定着しているアルファベットの言葉は、そのまま表記すること。
- 作句法の一つ「逆転」を効果的に使うと川柳味をうまく引き出せる。

入選のための秀句鑑賞

ミサイルにすっぽんぽんを覗かれる　五十嵐淳隆

（題「はらはら」川田佳主子選）

九条のおかげで日本は丸裸のままです。北のミサイルが飛んできたら大変です。「すっぽんぽんを覗かれる」が恐ろしい現状をユーモアでくるんで戯画に仕立てています。思わずクスッと笑ってしまう句ですが、川柳の笑いは、いつもほろ苦いものです。

新人の方にはこの句をじっくり咀嚼して、川柳の諧謔味とは何かを考えていただければいいと思います。

焼肉を頬張るプライドを捨てる

畑　多聞子

（題「誇り」齊藤由紀子選）

どんなエライ人でも美味い物を食べるときは無邪気な顔になります。肩書だのプライドだのは脱ぎ捨てて無邪気なコドモになる瞬間ですね。「頬張る」と「プライドを捨てる」という一見関連のない二つの行動が見事に重なって「にんげんこの可笑しなもの」が戯画になっています。ベテラン川柳家の人間観照の鋭さに感心します。

人間を穿つ（ウガチを思い出してください）ことで笑いも生まれます。にんげんを笑いのめして人間の本質に迫ることが出来るのが川柳です。よく味わってあなたの栄養にしてください。

つぶやきがもう飛んでいる散っている　渡辺　梢

（題「はらはら」川田佳主子選）

「つぶやき」はトランプのツイッターと読みました。大統領がツイッターという新しい道具を利用して自分の意見を述べたり、マスコミを攻撃したり、北や政敵をからかったりする…変な世の中になったものです。

しかしツイッターのばらまく情報は速く、光速で飛び「はらはら」とばら撒かれます。こんな素晴らしい情報伝達手段は今までになかったものです。さすが実業家の発想ですね。

この句からは句の構成の見事さを鑑賞してください。まず題の「はらはら」は情報の拡散する様子とトランプを危ながる世界の心理を掛けています。それをトランプともツイッターとも言わずに解らせてしまう力量に感心します。初心の方はこの句から前にお話しした省略の技法を思い出してください。そうです。「言わないで想像させる」でした。

オアシスが我が家と知った頃老いる　伊藤三十六

（題「オアシス」田中瑞枝選）

川柳の作句法の一つに「逆転」があります。この句もそれで、句意は「年老いて初めて我が家がオアシスだったと解った」ですが、それを「老いる」を最後に持ってきて逆転させています。この技法のおかげで、この句は川柳味を持つことになりました。

ストレートに作ると、

年老いてオアシスと知る我が家の灯

となりますが、どっちが川柳味が強いか比較してみてください。こんなちょっとしたところで川柳の優劣が生まれます。初心の方に身につけていただきたいトリビアの知識です。

22 優勝する方法

本書もいよいよ結論を出す時期に参りました。「結論」とはもちろんどうすれば抜けるか（入選するか）それも下位でなく上位に抜ける（あわよくば優勝！）方法は何かです。それを逐条的に述べてきましたが、本項は総まとめです。

大会で優勝する句をみていますと、句に（好き嫌いは別として）パワーがあるのが解ります。この「パワー」が選者の琴線を思い切り弾いたときに優勝句が誕生するのです。句会で「天」に抜ける句も同じです。

ではこの「パワー」（これを今後は「インパクト」と呼ぶことにします）、「インパクト」はどうすれば作れるかを考察しましょう。まずは実例からご覧ください。

一冊の本に少年殴られる　勲（題「本」宇都幸子選）

お解りですか。誰でも少年（少女）期に読んだ本に人生観が変わるような感動を受けたことがあると思います。私の場合はドストエフスキーの「カラマーゾフの兄弟」でした。数年前に電子本で再読しましたが、あの日の感動はもうありませんでした。やっぱり感受性の強さは少年期だけの特別のものだったのでしょう。

その時の感動を句にしたのがこれです。本に「殴られる」などということはあり得ませんが、「殴られるような衝撃を受けた」とマトモに言ったのではインパクトは出ません。そこで直截に「殴られる」と表現しました。これで感動の強さ、大きさが表現できたと思います。

もう一句ご覧に入れましょう。

一粒の涙へ僕は溺死する　勲（題「苦手」近江あきら選）

男は女の涙に弱いものです。妻の涙、母の涙には特段に弱く、すぐヘナヘナヨレヨレになってしまいます。その涙が大河になって男は溺れ死にしてしまう…大げさな誇張ですが、読む人はきっと理解してくれると思います。

これが、

一粒の涙に僕は弱くなる

だったら誰の眼にも止まらない句だったでしょう。「溺死」という誇張表現が選者をハッとさせたのでしょう。こんな表現を楽しむことも川柳の楽しさ・面白さです。川柳はドラマです。上記二句とも川柳研究社の句会で天に抜けた句です。

川柳が上位に採用されるためには「インパクト」の大きさが要ることはお解りと思います。それは選者に強烈な印象を与えるためです。

しかしこれについては、但し書きが要ります。しかも大事な但し書きです。それは上記の二句は意表を突く表現で選者をハッとさせたことで評価を得たと思いますが、それだけでなく内容も選者の共感を得られたということです。

内容が先にあって、表現はその次です。ここを間違えてはいけません。

結論　優勝する句には「インパクト」が必要。
但し　その前に共感させる内容が必要。

入選のツボ

- 優勝する句にはパワー（インパクト）がある。
- インパクトある句を作るには、感動の強さ、大きさを直截に表現すること。
- 時には大げさな誇張表現を楽しむことが、選者に強烈な印象を与える武器になる。
- ただしインパクトだけでなく、選者の共感を得られる内容が必要である。

入選のための秀句鑑賞

東京にいると日本が分からない　　佐道　正

（題「中心」津田暹選）

この句からはウガチを学んでください。問題の渦中にいる人には問題を客観的に捉えることが出来ません。日本の中心の東京にいると日本が見えません。特にイマのような情報過多の時代ではなおさらです。トップの座にいる人には悩ましい問題だと思います。

もっと哲学的にとらえると、にんげんの中で一番解らないのは自分ですね。ついそこまで考えさせられる句です。こんな「見つけ」は平静から物事を深く掘って考えるクセをつけておかないと出てきません。

年寄りに譲るときりの無い巣鴨　　五十嵐淳隆

（題「雑踏」佐道正選）

この句は解りやすいですね。巣鴨は年寄りの天国ですから、いつもお年寄りで混んでいます。だから年寄りに道を譲るときりがないことになります。しかし「きりがない」の発想は意外と簡単には出てきませんよ。さすが柳歴の長いベテランです。この句からは発想と表現の柔軟さを学んでください。

I CANと軽く受け取る平和賞　阿部　勲

（題「今年のニュースから」安藤紀楽選）

これもウガチの句です。「軽く」がそれです。この平和賞は受け取った後でずしりと重くなるのです。ノーベル賞を取った喜びでにっこり受け取っても、米中ソのせめぎ合いに北の国まで参加する渦に巻き込まれて果たしてどうなるか「軽く」に込められたウガチを鑑賞してください。

さてようやく予定のテーマをすべて述べ終わったようです。少しでもお役に立てれば幸いです。最後までお付き合い有難うございました。皆さんの益々のご活躍を切に祈ります。

あとがき

この本は「入選にとことんこだわる川柳入門」と題して、月刊誌「川柳マガジン」に二〇一六年五月から二〇一八年三月号まで足掛け三年にわたって連載したものをほぼそのまま一冊にまとめたものです。

「入選にとことんこだわる」という題の通り、普通の入門書にある川柳の歴史や意義などは省いて入選を目指す皆さんのお手伝いをすることに専念しています。

皆さんの句が新聞や雑誌に活字になって載った時の勝利感や、句会で選者に選ばれて呼名をする時のワクワク感は気持ちのいいものです。まして大きな大会の優勝ともなれば、嬉しさは何倍にもなります。

そんな嬉しさを皆さんに感じてもらえる近道を提供しようという試み

がこの本です。ですから枝葉は全部カットしてエッセンスだけを詰め込みました。この本を消化することで、皆さんの実力は格段に上がることを確信しています。

では皆さんのご健吟ご活躍を切に祈ります。

なお本書の出版にあたりましては新葉館出版の竹田麻衣子さんに一方ならぬお世話になりました。この場を借りてお礼を申し上げます。

二〇一八年八月吉日

阿部　勲

●著者略歴

阿部　　勲（あべ・いさお）

本名・阿部勲。

昭和10（1935）年　東京生まれ。

川柳事始め　平成10（1998）年、JASS川柳教室（講師・上田野出氏）に入門。

現在、川柳研究社幹事、ＮＨＫ学園川柳講座講師、東都川柳長屋連店子。

著書に「斜光線」、「川柳作家ベストコレクション　阿部勲」。

入選にとことんこだわる
川柳の作り方

○

2018年10月11日　初　版

著　者
阿　部　　勲

発行人
松　岡　恭　子

発行所
新　葉　館　出　版
大阪市東成区玉津1丁目9-16 4F　〒537-0023
TEL06-4259-3777㈹　FAX06-4259-3888
http://shinyokan.jp/

印刷所
株式会社太洋社

○

定価はカバーに表示してあります。

ISBN978-4-86044-528-7